蜻蜓也能飞越沧海

万诗语　主编

中国出版集团
现代出版社

人生是一场与他人无关的独自修行，也是
一条悲喜交集的道路，路的尽头一定有礼
物，就看你配不配得到。

要相信，这个世界美好总要多过阴暗，欢乐总要多过苦难，还有很多事，值得你一如既往的相信。

一个人至少要拥有一个梦想，有一个理由
去坚强。心若没有栖息的地方，到哪里都
是在流浪。不要让自己的梦想只是想想而
已。为了梦想，你要马不停蹄！

有些缺陷是上帝送给你的礼物，善待它们，
你将会另有意外的收获。

每一块乌云都镶着银边，所以遭遇才会特别明显，当世界对你关上一扇门，不要生气，那是让你练习面壁。

世界那么大，生命那么长，面对望而不得总得努力一下，即使不能破茧成蝶，变成飞蛾晃花人眼也是好的。何况，命运那张一本正经的脸，偶尔也会有不适宜的趣味表情，你刻意追求，它翩然飞走，你专心致志时，惊喜会悄悄降临。

任何心灵的成熟，都必须经过寂寞的洗礼和
孤独的磨练。

目 录

CONTENTS

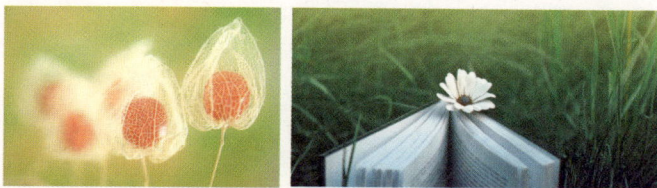

卷 二 | 梦想让你与众不同

流年，在掌心汹涌成一道道纠缠的曲线；青春，在岁月里茫然无措地苟且。而窗外，梦想像失意的紫荆花，在单调黑白的世界里，却依然倔强着，未曾枯萎。

卷　三　｜　**终有一天，你会破茧成蝶**

我们都有一片属于自己的荒漠，我们既是金子，亦是种子。很多时候，我们
成不了闪光的金子，但可以成为希望的种子。金子是被动等待的，或许永远
与沙砾为伍；种子是积极主动的，它随时能够拱土而出，迎向风雨。

卷 四 | **你若盛开，清风自来**

生命不能害羞，害羞成不了气候。许多时候对于一个人，尤其是一个涉世之初的年轻人来说，能否撞碎那块阻挡自己上到天花板的决定因素，并非取决于他的力气，而是取决于他的勇气。

卷　五 ｜ **别怕，黑暗一捅就破**

乌云也是上帝的恩赐，如果你的天空正乌云密布，不要灰心，不要沮丧，因为乌云里迟早会开出花朵。

卷　六 ｜ **愿你成为自己的太阳**

愿有人陪你颠沛流离，如果没有，愿你成为自己的太阳。

乔布斯在斯坦福大学毕业典礼上说："你的时间有限，不要让别人意见的嘈杂声淹没你自己内心的声音，勇敢地去追随自己的内心和坚持，梦想会让你知道你会成为什么样的人。"

我们一路为各种理由奔波、挣扎、奋斗，如此锲而不舍，到底在追求什么？安逸的工作、舒适的住所、知心的爱人，还是健康的体魄？你有没有想过自己最想要的东西是什么？你有没有属于自己的梦想？你听过自己内心真正的声音吗？

青春之所以美好，是因为有梦想；梦想之所以宝贵，是因为我们会为了梦想去努力拼搏。一旦梦想开始了就别停下，无论你在追逐梦想的道路上，遇到怎样的挫折与困窘，你都是最棒的追梦人。因为拥有梦想并敢于追逐的人，未来才充满了无限可能。敢冲，才不枉青春。奋斗，就要永不止步。不要等年华已逝，再感慨没有努力奋斗的青春，没有疯狂追梦的勇气；不要等老了，再遗憾年轻时候没有遵从自己的心声，去做自己想做的事，别让你的梦想只是想想而已。

这是一本给人力量、促人行动的书。当你感觉迷茫的时候，让你重新找到生活的目标；当你对未来失去信心的时候，让你重新拥有勇往直前的自信；当你为人生的挫折而感到悲伤的时候，让你重新体味收获的快乐。迷茫时，在这里找到方向。它会提醒你：蜻蜓有一天也能飞越沧海。

也许你正经历着不知所谓的过去、黑暗迷茫的青春期，或者经历了几场没有结果的恋爱，几次没有成绩的跳槽，然后你觉得再怎么努力也不成功，再怎么争取，也没有得到想要的，甚至有时被悲观情绪控制，心神不宁，烦躁不安……如果是这样，那么你需要这些活生生的故事！

这里一定会有一句话能打动你，一定会有一个故事让你激动不已。这些都仅仅是一个开始，最重要的是，你会因为这些话、这些故事而有所改变，有所行动，让你把自己的努力转化成人生的幸福感、成就感，以一种永远在路上的精神，努力不停，寻找更加辽阔的远方。愿你在此学会坚持，学会选择，学会勇敢，学会行动。

你一无所有，却令全世界羡慕，因为你拥有青春。

卷 一

为世界
开出自己的花朵

　　仰望星空，天上繁星闪烁，虽然叫作成功的
那颗星依旧遥不可及。但只要我们心怀渴望，不
断前行，繁星之中终有一颗星星会降落在我们手
心，那是夜空中最亮的一颗。

向着目标奔跑，何必在意折翼的翅膀，只要
信心不死，就看得见方向。顺风适合行走，
逆风更适合飞翔，人生路上什么都不怕，就
怕自己投降。

上 帝 只 给 他 一 支 画 笔

每个人的心目中都有一个上帝，这个上帝就是你的理想与抱负。

很多时候，上帝能给予我们的东西也许并不多。

但是，只要我们不把自己看得一无是处，

发挥自己的强项，充分挖掘出自己的潜能，

那么，即使上帝只给我们一支画笔，同样也可以把生命描画得五彩斑斓。

从小，他就没有给亲戚朋友们留下好印象：顽皮，好动，不讨人喜欢。而且，不管是在自己家里，还是在亲戚家里，墙壁和家具上，总是被他用铅笔或者水彩笔涂抹乱画，搞得一团糟。

上学后，他更是备受老师和同学们的冷落。他沉默寡言，成绩也总是在全校排名倒数。课本上，被他画满了各种表情的人物，为此，他没少受到老师的责骂。

一个简单的生字，他默写时总是倒笔画，而且张冠李戴、缺胳膊少腿；一篇短短的课文，同学们朗读几遍就可以轻松背诵，而他，却总是丢三落四、溃不成军。

世界让你遍体鳞伤，但伤口长出的却是翅膀。

你下的决心足够坚定，才会不动声色。高调地宣誓与喋喋不休
地强调，都只是虚张声势。

　　每周一次的班会，他的父母总是要被例行请到老师的办公室，面对老师的指责，垂首弓腰。甚至即使是假期的补习班，他也不断地被辅导老师劝退。但是，他对漫画却有着强烈的爱好，四岁时就喜欢在稿纸上涂涂画画。

　　念中学的时候，他像一个皮球一样被所有的学校踢来踢去，连最差的学校也不愿意要他。为了儿子的学业，父母不得不人前人后说尽了好话。在这期间，他陆续在装订的草稿纸上画了好几本自创的漫画，尽管不被任何人看好。

　　由于升学无望，再加上为了谋求生计，他不断地变换工作。最初，他在玻璃厂做过拌料工，后来先后在澡堂传过毛巾，在电影厂卖过票，在冷饮厂包过冰棒，甚至在百货站跟车装卸货物。但即使在这一段人生最为艰苦的时光，他依旧没有停下过手中的画笔。

　　1985年他入伍服役。在军中的每个晚上，熄灯后，他蒙着头，钻进被窝，用手电筒照明，偷偷创作了《双响炮》，并且于同年连载于台湾《中国时报》，由此引爆了台湾乃至世界上第一波四格漫画热潮，他也逐渐成为当今漫画界最受瞩目的新人。

　　他的漫画《醋溜族》在专栏连载十年，创下了台湾漫画连载时间最长的纪录。其漫画作品《双响炮》《涩女郎》《醋溜族》等在内地青年男女中影响极大，其多篇作品被制成同名电视剧，受到很多人的喜欢。

是的，他就是朱德庸，台湾最著名的漫画家。面对记者的镜头，他曾经坦言，在长达十几年的学生时代，即使是他自己也认为自己很笨。

直到长大了，他才知道，那是因为自己对文字类的东西接受能力很差，只有对图形的东西才特别敏感。

每个人的心目中都有一个上帝，这个上帝就是你的理想与抱负。很多时候，上帝能给予我们的东西也许并不多。但是，只要我们不把自己看得一无是处，发挥自己的强项，充分挖掘出自己的潜能，那么，即使上帝只给我们一支画笔，同样也可以把生命描画得五彩斑斓。（方益松）

高 贵 的 生 命 不 卑 微

一件只值一美元的旧衣服，都有办法高贵起来，
何况我们这些活生生的人呢？
我们有什么理由对生活丧失信心呢？

　　他是黑人，1963 年 2 月 17 日出生于纽约布鲁克林贫民区。他有
两个哥哥、一个姐姐、一个妹妹，父亲微薄的工资根本无法维持家
用。他从小就在贫穷与歧视中度过。对于未来，他看不到什么希望。
没事的时候，他便蹲在低矮的屋檐下，默默地看着远山的夕阳，沉默
而沮丧。

　　十三岁那一年，有一天，父亲突然递给他一件旧衣服，问："这
件衣服能值多少钱？""大概一美元。"他回答。"你能将它卖到两美
元吗？"父亲用探询的目光看着他。"傻子才会买！"他赌着气说。

　　父亲的目光真诚又透着渴求："你为什么不试一试呢？你知道

我终于相信，每一条路，都有它不得
不那样跋涉的理由。每一条路，都有
它不得不那样选择的方向。

的，家里日子并不好过，要是你卖掉了，也算帮了我和你妈妈。"

　　他这才点了点头："我可以试一试，但是不一定能卖掉。"他很小心地把衣服洗干净，没有熨斗，他就用刷子把衣服刷平，铺在一块平板上阴干。

　　第二天，他带着这件衣服来到一个人流密集的地铁站，经过六个多小时的叫卖，他终于卖出了这件衣服。他紧紧攥着两美元，一路奔回了家。以后，每天他都热衷于从垃圾堆里淘出旧衣服，打理好后，去闹市里卖。

　　十多天后，父亲突然又递给他一件旧衣服："你想想，这件衣服怎样才能卖到二十美元？"怎么可能？这么一件旧衣服怎么能卖到二十美元？它至多只值两美元。

　　"你为什么不试一试呢？"父亲启发他，"好好想想，总会有办法的。"

　　终于，他想到了一个好办法。他请自己学画画的表哥在衣服上画了一只可爱的唐老鸭与一只顽皮的米老鼠。他选择在一个贵族子弟学校的门口叫卖。不一会儿，一个开车接少爷放学的管家为他的小少爷买下了这件衣服。那个十来岁的孩子十分喜爱衣服上的图案，一高兴，又给了他五美元的小费。二十五美元，这无疑是一笔巨款，相当于他父亲一个月的工资。

回到家后，父亲又递给他一件旧衣服："你能把它卖到两百美元吗?"父亲目光深邃，像一口老井幽幽地闪着光。

这一回，他没有犹疑，沉静地接过衣服，开始思索。

两个月后，机会终于来了。当红电影《霹雳娇娃》的女主演法拉佛西来到纽约做广告宣传。记者招待会结束后，他猛地推开身边的保安，扑到了法拉佛西身边，举着旧衣服请她签个名。法拉佛西先是一愣，但是马上就笑了。我想，没有人会拒绝一个纯真的孩子。

法拉佛西流畅地签完名，他笑了，黝黑的面庞，洁白的牙齿："法拉佛西女士，我能把这件衣服卖掉吗?""当然，这是你的衣服，怎么处理完全是你的自由!"

他"哈"的一声欢呼起来："法拉佛西小姐亲笔签名的运动衫，售价两百美元!"通过现场竞价，一名石油商人以一千二百美元的高价收购了这件运动衫。

回到家里，他和父亲，还有一大家人陷入了狂欢。父亲感动得泪水横流，不断地亲吻着他的额头："我原本打算，你要是卖不掉，我就派人买下这件衣服。没想到你真的做到了! 你真棒! 我的孩子，你

人生就像一场长跑，跑得太快，容易
后劲不足；跑得太慢，就会落伍；中
途退出，就会断送以前的努力；不参
加，就没有赢得比赛的机会。

当你的才华撑不起你的野心时，你就应该静下心来学习。

真的很棒……"

　　一轮明月升上山头，透过窗户柔柔地洒了一地。这个晚上，父亲
与他抵足而眠。

　　父亲问："孩子，从卖这三件衣服中，你明白什么了吗?"

　　"我明白了，您是在启发我，"他感动地说，"只要开动脑筋，
办法总是会有的。"

　　父亲点了点头，又摇了摇头："你说得不错，但这不是我的初衷。"

　　"我只是想告诉你，一件只值一美元的旧衣服，都有办法高贵起
来，何况我们这些活生生的人呢? 我们有什么理由对生活丧失信心
呢? 我们只不过黑一点儿穷一点儿，可这又有什么关系?"

　　就在这一刹那间，他的心中有一轮灿烂的太阳升了起来，照亮了
他的全身和眼前的世界。"连一件旧衣服都有办法高贵，我有什么理
由妄自菲薄呢?"

　　从此，他开始努力学习，刻苦锻炼，时刻对未来充满着希望! 二
十年后，他的名字传遍了世界的每一个角落。他的名字叫——迈克
尔·乔丹! (朱国勇)

如 果 南 瓜 不 说 话

有一天，洋葱出去散步，遇到萝卜和西红柿，
它们在一起闲聊，
都不相信世界上有南瓜这种东西，认为是人们凭空想象出来的。
它们议论得热火朝天，却根本没想到，
墙角就种着一棵南瓜，它不说一句话，只是默默地生长着……

　　她的身世，和《简·爱》中的女主人公有些相似：童年时父母双
双亡故，她被寄养在舅舅家，表哥和表姐对她这样的不速之客，时时
充满着敌意。他们总是趁大人不注意，想尽各种办法来捉弄她。寄人
篱下的她，只能选择默默忍受。

　　一天晚上，舅舅和舅妈外出做客，表哥和表姐闲着无聊，又想出
了一个歪主意，让她站到墙角，把一根燃烧的蜡烛高高举过头顶。滚
烫的烛油滴落下来，把她的手烫得生疼，倔强的她咬着牙一声不吭，
泪水却滚滚而下。姐弟俩开心地拍着手大笑。这荒唐的一幕，直到保
姆闻声赶来才被制止。

舅舅和舅妈还没回来，她干脆就待在厨房里，拿起最喜欢的童话书看起来。很快，她又翻到那篇描写南瓜的故事：有一天，洋葱出去散步，遇到萝卜和西红柿，它们在一起闲聊，都不相信世界上有南瓜这种东西，认为是人们凭空想象出来的。它们议论得热火朝天，却根本没想到，墙角就种着一棵南瓜，它不说一句话，只是默默地生长着……

她把书合上，在心里悄悄跟自己说："我也要像南瓜那样默默地成长，总有一天，让所有曾经嘲笑和捉弄我的人都刮目相看！"可是，我能做些什么呢？她叹着气，在狭小的厨房里来回踱着步，目光忽然落到地上的小蚂蚁身上，忽然心中一动：我也要写故事，就让小蚂蚁来当主人公！

接下来的日子，只要稍有空闲，她就会拿着铅笔和练习本，默默地躲到角落里不停地写。半个月之后，她终于写完了一篇《蚂蚁的梦想》，悄悄拿给邻居家的安妮姐姐看。已经上大学的安妮，惊讶于年仅十岁的她，居然可以构思出那样奇妙的故事，兴奋地说："你重新抄写一遍，我帮你拿到报社去，说不定能发表呢！"

她跑回家，花费了整整一天的时间，终于抄写完了。就在这时，表哥约翰跑来，一把抓起她的稿纸，大声喊道："蚂蚁的梦想？什么破东西！"说着，居然将稿纸撕得粉碎。从来不和任何人争执的她，哭着大喊："你真是个可怕的恶棍，你赔我！"

　　舅妈闻声赶来，不问青红皂白就呵斥她说："真是一个忘恩负义的家伙！"她刚想争辩一下，忽然想起那个"不肯说话的南瓜"，于是低下头，默默地整理稿纸，重新去抄写。在安妮的帮助下，这篇童话真的发表了！拿到样刊的那天，她心里比喝了蜜还甜，暗暗发誓："我要一直写下去，永远与文字共舞！"

　　从此，不管舅妈如何冷落自己，不管表哥和表姐如何嘲笑，她千方百计阅读大量的书，不停地尝试着写。1992 年，她终于出版了自己的第一部小说《十九分钟》。它刚刚上市就受到读者青睐。接下来的几年里，她连续写出的十八部作品，全部成为畅销书。每有新作出版，一定会迅速登上《纽约时报》《华盛顿邮报》和亚马逊网站等畅销书榜首位。2004 年，凭借《姐姐的守护者》这本书，她为中国内地读者所熟知。她的名字叫朱迪·皮考特，是全美最受欢迎的女作家。她的作品之所以畅销，是因为她总是以深情灵动的语言，静静地陈列世间万象，往往让人感同身受、牵肠挂肚。

　　为了安心写作，朱迪·皮考特几乎不参加任何社会活动，也拒绝接受采访。每当写作累了，她都会默默地注视书桌对面墙上的一幅油画中的南瓜：它一直不说话，却从来不曾停止生长。（张军霞）

为世界开出自己的花朵

每个人来到这个世界上最初都是一样的，
只是更多的人后来终生像荒原上的野草一样，
一样的颜色，一样的姿态，一样的高度，自己把自己抛向庸庸碌碌，
绿上一段时间，然后枯去。
有的人却像依米花一样，尽管卑微，但在无常的风云里，
做着不懈的抗争，然后开出自己的花朵。

　　非洲的戈壁滩上有一种叫作依米的小花。那里干旱炎热的气候和土壤只适合生长根系较多的植物，而依米花却除外，它只有一条细长的根茎。在那样的热带气候中，又在茫茫戈壁滩上，它得用五年的时间才能完成根部对泥土的植入，到了第六年它才吐蕊。

　　让人惊叹的是，依米花非常奇特，每朵花有四个花瓣，一个花瓣一种颜色，红、黄、蓝、白，煞是娇艳绚丽。更让人惊叹的是，这种经过漫长的积蓄、扎根才开出的四色小花，花期只有两天，两天过后依米花连花带茎一起枯萎死亡。

　　这种花在当地象征着一生一次的美丽和一生一次的辉煌，它照样

是无怨无悔、全情投入的。

五年扎根，六年吐蕊，两天花期。一生都在恶劣的自然环境下生长的依米花，仅仅是为了两天短暂的花期，它的美丽让我们无法想象这需要怎样的顽强和耐力。

万里戈壁与一朵娇小花朵形成鲜明对比。这样的生命卑微、渺小却挺拔在我们心里。

泰戈尔说过，"生如夏花之灿烂，死如秋叶之静美"，六年的风霜雪雨只为两天的尽情绽放。这是生命的一种极致，把生命波澜壮阔的一面浓缩成悄无声息的短暂美丽。

试想茫茫天地间，风沙可以随时肆虐，动物可以随时吞噬，虫子可以随时咬蛀，依米花在恶劣的环境下是脆弱的，然而它还是挺住了。我想，它细小的茎脉里肯定有火一样的信念在支撑着它：开花，开花，热烈而又坦然地开花！它厚度有限的花瓣绽放着生命最亮丽的光彩。

我读到这样的资料时心却无法平静。我们可以藐视一粒种子的沉默和卑微，但不能藐视它一生一次的开花和美丽。

小小的依米花是插在非洲戈壁上的一杆杆猎猎旗帜，是流动在非洲戈壁上的点点彩云，是燃烧在我们视野里的盏盏火把。执着而又热烈，平凡而又绚丽。

每个人来到这个世界上最初都是一样的，只是更多的人后来终生像荒原上的野草一样，一样的颜色，一样的姿态，一样的高度，自己把自己抛向庸庸碌碌，绿上一段时间，然后枯去。

有的人却像依米花一样，尽管卑微，但在无常的风云里，做着不懈的抗争，然后开出自己的花朵。

这个世界上，奇花异草并不少，我们能够记住的仅仅是那么一两种，它们把美丽舞动给命运，把绚烂绽放给世界。看到别人在自己的生命之树上开出花朵、结出果实，接纳别人的仰慕和敬佩，我们不以为然，甚至妒忌，阴暗的手心向那些花朵和果实掷过去一两块石头，然后抱怨生活的种种不如意，倦怠于命运的棋盘上。试问自己：你是否像依米花一样，困苦磨难过后，给这个世界开出了自己的花朵?

敬畏生命顽强的依米花，敬畏一种至高的心灵海拔。 （马国福）

战 胜 别 人 总 是 要 先 战 胜 自 己

其实，一个人躺倒之前总是信心先躺倒的，
战胜别人总是要先战胜自己。

每个人的身上，都隐藏着巨大的潜能，遗憾的是，很多人对自身的能力缺乏足够的认识，当困难来临时，总希望倚仗外力来解决。其实，一个人躺倒之前总是信心先躺倒的，战胜别人也总是要先战胜自己。

1960 年，他出生于美国加利福尼亚州的一个贫困家庭，因为无钱继续学业，十七岁那年，高中尚未毕业的他就辍学回家了。为了生存，他从事过各种各样的职业，摆地摊儿卖杂货，到餐馆当服务员，到银行当厕所清洗工……那时的他，没有什么远大志向，因为在他看来，像自己这样智力水平不高而且连高中都没毕业的人，在美国这样一个竞争激烈的社会，是不可能有什么大的发展的，能够通过自己的努力，找到一份稳定的工作，过上正常人的生活就很不错了。

有一天，在工作的时候，他一不小心碰倒了一个放在厕所间的木梯，木梯砸到了他的两只胳膊上，胳膊当时就不敢动了。送到医院后，医生说伤到了筋，便给他上了药，包扎好，让他回家休息一段时间。

在家休养期间，因为双手什么也不能拿，他便天天到郊外去散步。一天下午，他走到一个土坡前，看见一个少年正拉着一辆装满杂货的人力车向坡上走去，走到一半时，少年拉不动了，仿佛一松劲，车子就会退下来似的。就在这个时候，那个少年看见了他，便喊了一声："帮帮忙好吗？"这一句恳求让他很为难。显然，那个少年焦急中并没有看清他双臂缠着绷带的情况，但他也没解释什么，立即奔过去，双臂下意识地搭在车上，可他心里清楚这一点儿用也没有，因为他的双手根本无法用力。

那个少年显然以为他在用力帮他推车，便使劲拉着车往坡上走，就这样，车很顺利地就被少年拉到了坡顶上。那个少年向他表示感谢，他伸过缠着绷带的双臂告诉他："我并没有帮上忙，你完全是靠自己的力气拉上去的。"

　　这件事给了他很大的启发，他联想到了自己的人生，他想：我是不是也像这个拉车的少年一样，明明身上有力量，自己却不知道呢?

　　从那以后，他不再满足于做一个普通人了，他想挖掘出自己身上的力量，努力成为一个有作为的人。一年以后的一天，在一个朋友的引荐下，他去听了潜能大师吉米·罗恩的课，那堂课成了他人生的转折点，使他更加相信自己的潜能，并立志要做一个吉米·罗恩那样的潜能大师。

　　于是，他就拼命地读书、学习，并抓住一切机会进行演讲。他的潜能学理论渐渐地被人们所接受，越来越多的人在他的影响下改变了人生，他也因此而成为世界著名的成功学大师，他就是安东尼·罗宾。

　　成名后的安东尼·罗宾，经常在演讲中向学员们讲起当年他帮那个拉车少年"推"车上坡的事。他说那是他人生路上的第一堂人生励志课，因为那堂课让他懂得了潜能的重要性。他深有感触地说："每个人的身上，都隐藏着巨大的潜能，遗憾的是，很多人对自身的能力缺乏足够的认识，当困难来临时，总希望倚仗外力来解决。

　　其实，一个人躺倒之前总是信心先躺倒的，战胜别人也总是要先战胜自己。"（唐宝民）

挺 住 ，意 味 着 一 切

或许我们缺少的只是一种勇气，
摸着自己的胸口说一句：
我的青春，不抱怨社会，不埋怨不公，只努力超越自己。挺住，意味着一切。

前几天收到一封读者来信，大致意思是讲自己大学读错了专业，工作上各种不顺心，辛苦奔波表面光鲜而已。他觉得未来一片迷茫，问我到底该怎么办。

我也不知道该怎么办。这个世界仿佛只有少数极其幸运的人，大学读对了专业，又恰好做着自己所爱的工作，领导重视，同事关爱，还清闲，工资高。我想先讲讲我身边三个年轻人的故事。

故事一：

男青年，宽带公司的一名网络维修工，某次网络故障后跟我家结成了友好。我听他说，他从小父母离异，跟外公一起生活，几乎每天都要工作到凌晨，因为过了零点，每小时有一百元钱的加班费。

　　某次我又报修网络，他说周日不能来，因为要考雅思。我心想我都没考过，你一个维修工人考雅思干什么？过了一段时间，他再次上门维修，跟我说："我要去新西兰读书了，雅思考过了，也拿到了offer，以后就不能来修了。"我惊讶得不得了，随口问他："你为什么去新西兰？"他说："因为我女朋友在那儿，我就想过去陪她一起。如果是陪读的话，我们慢慢会有差距，所以我也要考过去，这样我们的距离不会太远。"

　　故事二：

　　在电梯里工作的女孩，每天守着逼仄的空间上上下下，穿着很土，不化妆，一条马尾辫，一个水杯，手里一本英文书。最开始见到她，拿的是高中课本，然后慢慢变到大学课本、四六级、研究生复习材料、托福教材。谁都没有在意过她在学什么、她在看什么、她是什么背景、她住哪里、工资多少、她有什么梦想、她学这些想要干什么。她除了学这个还在学什么？不知道。只是楼里的居民有时候会把家里看过的杂志送给她，大概是觉得，只要是有字的东西，对一个电梯工来讲，就能用来学习吧。

　　后来，她消失了很久。再见到她，她穿着职业套装，匆匆忙忙地跑进一个写字楼里。她不认识我，但是我记得她。

故事三：

一个农村姑娘，从小到大没出过县城，后来到北京，在我一位朋友家做保姆。家务之余，她苦读英文、学普通话、上夜校，参加自考。后来她的雇主告诉我，这姑娘当了对外汉语老师，专门给钱不多但是又需要中文辅导的外国学生做老师。她不挑活儿，大小钱都赚，自己又节省，后来买了一部小车，这样能更快地穿梭在城市中，给更多的学生上课。令人惊奇的是，姑娘还开了个早点摊儿，每天卖豆浆鸡蛋和烧饼，同时还卖化妆品。

我觉得上帝都得被这姑娘逼疯了。

这就是生活在我身边的三个普通青年，他们没学历、没背景、没大款爹妈，他们连选错一个大学专业的机会都没有，他们连什么叫"对口专业"都不知道，他们连让高素质牛人打击的机会都没有。他们想要的，也许只是你我唾手可得的东西；他们拼命努力赚得的钱，也许我们一句话就能从父母手里要来；他们来到这个城市之初，卑微得所有人都看不见。但是不要紧，他们看得见自己。

现在的年轻人太想一夜成名、一夜暴富，一件事坚持三个月看不见结果，就开始抱怨世道不公、没有伯乐。

什么是奋斗？奋斗不是让你上刀山下火海，也不是让你头悬梁锥刺股。奋斗就是每天踏踏实实地过日子，做好手里的每件小事，不拖拉、不抱怨、不偷懒、不推卸责任。每天一点一滴的努力，才能汇集起千万勇气，带着你的坚持，引领你到你想要到的地方去。

难吗？不难。

或许我们缺少的只是一种勇气，摸着自己的胸口说一句：我的青春，不抱怨社会，不埋怨不公，只努力，超越自己。挺住，意味着一切。（赵星）

赠 我 一 段 逆 行 路

每一种追求都是逆境，也许是命运特殊的信任和馈赠。
命运给你一个猝不及防，就是让你即兴发挥；
给你一个未知的未来，就是让你去塑造。

　　十岁出头的时候，除夕晚上爸爸背着我去挂急诊。

　　接下来在病床上一躺两个月，每天睁眼是一片深深浅浅的白。
白色也是有这么多层次的，墙壁空茫的青白，床单洗过多次的灰
白，同房病友的苍白，输液瓶里药水那清明的白，还有窗外天光乍
亮逼进来的那一片透白。我躺着气闷灰心，童年的我是相当忧郁
的，还带一点儿古典小说里的闲愁。睁眼是躺着，闭眼是躺着，习
惯了被很多人问候。

　　那年的压岁钱收得特别多，花花绿绿的钞票被装在一个大铁盒
里，我没事就像守财奴一样数着玩，计算自己的家当。床头柜上是各

种玩具和课外书。终于有一天我忍不住问到功课，爸妈有些难以启齿，对望一眼然后吞吞吐吐地告诉我，准备让我留级一年，养好身体再说。

留级？每年新学期开始，会有一两个留级的同学抱着书包，谦卑地站在班门口，等着班主任传唤，穿过众目睽睽的死寂，走到最后一排，不等发话不敢坐下。这种奇耻大辱会在我身上重演？我宁可死了吧！从那天起我一反常态，从前的怠懒一扫而光。我一只手吊着点滴一只手艰难翻书，来看我的同学，把作业带给我。那时候正学到分数，全新知识，没有指导很难独立完成。爸爸拿了个小录音机放在讲台上，把老师的课录好带来给我听。

我瞅着窗外那一片透白，心里默默计算，晚上等医生查过房后开始做功课。我的成绩中上，属于聪明不用功那种学生，可这时简直像换了个人。

我每天早上吃一缸子奶奶做的鸡蛋面，量两次体温，吃三遍药，挂两瓶水。因为总是查不出病因，所以不时地去做各种检查，从心脏查到牙科。残雪的路面，棉鞋踩上去咔咔响，爸爸和妈妈轮流背着我走在医院各科室。我伏在妈妈的背上默默地造句作文。这是我的一个坎儿，我第一次体会到不成功则成仁的壮烈。

　　我成了那间病房里八个孩子的楷模。同病房的家长们拿我当榜样来教育自家小孩。但我无心沉浸于赞扬，一心只想着学习、学习……无暇旁顾的用功，带给我全新的乐趣，同时体会到困境的好处，它催生出人的意志，激发出潜力，并且，后顾之忧像条鞭子，催赶的同时却也恰恰有种温柔的抚慰，因为它让心灵满足。逆境中的奋斗，使我的存在感那么分明。同时，生活也更加彰显珍贵。同学们再来看我，我俨然多了一份成熟。

　　我经历过了一种考验，而且亲眼见过生死——急救病房就在我的病房对面，我透过门缝看到医生们给一个五岁的脑膜炎男孩急救，我看到那么多白色大褂的胳膊上下移动，缝隙间是一个一动不动的身体。施救的胳膊最终无力地停下来，随之而起的是亲人撕裂心肺的哭喊。

　　命运是这么巨大而无情的东西，不想被吞噬，必须加快脚步。在自我鞭策、自我珍惜这种心态下，我完成了新课的自学，并且，那年期末的成绩前所未有地理想。

　　长大后，还有一次反败为胜始终在我的记忆深处。那次演讲比赛，我仓促上阵，刚开了个头就发现忘了词。我瞪着台下虚无的黑暗，镁光灯直射进眼睛，心脏骤然停了半拍。耳边呼呼风声……我的血管中忽然灌满了兴奋，就像是储备的小宇宙忽然爆发，我明白自己有着急中生智，有着一向绝地逢生的弹跳力。

我深呼吸，不疾不徐开了口。事前有过准备，知道要点和顺序。余下的是语言的组织、逻辑的清晰以及巨大的冷静。我慢慢地一句句说着，大脑神经像通了电一样通明。我浑身绷紧，身上发冷发热，这种紧张却使人异常舒服，一些句子回到了记忆中，另一些则一触即发。在讲到一半时，我已完全沉住了气，仿佛有新的大幕正为我徐徐拉开。心更静了，这是享受的时刻，我是焦点。

这是征服的过程，我必将为观众和自己带来不可思议的惊喜。台下鸦雀无声，而我的高潮还未结束，因为尚未结束，所以更加熠熠生辉。

这种重生的兴奋和力度，大概只有逆流的路上才可以获得。每一种追求都是逆境，也许是命运特殊的信任和馈赠。命运给你一个猝不及防，就是让你即兴发挥；给你一个未知的未来，就是让你去塑造。不管你是一个忽然就掉了队的病孩子，还是一个正在演讲的忘词者。（清歌）

成 功 的 背 后 总 有 荆 棘

当你选择之后,你就必须明白,你所有的幸福都得靠自己打拼,
你必须往前走,但你永远不知道到达山顶会是脚下的哪一步,
所以你只有一步一步,不彷徨、不犹豫,
因为你的脚下是遍地荆棘!

他的家境并不好,父亲是普通的小职员,母亲是家庭主妇,但这
并不妨碍他在家中的地位。

因为在家族中最小,打一出生,他就受到了极尽的宠爱,这让他
处处显得盛气凌人。

两岁,他已经开始躲在女生的后面,冷不丁地拽人家的小辫子;
三岁,爷爷刚一转身,他就把爷爷种了一个上午的花连根拔除;四
岁,他在别人家的墙壁上涂满颜料,然后躲在偏僻处,看着人们着急
的背影暗自偷笑。

因为难以管教,再加上孩子多,父母无奈,决定把他送去学游

泳。虽然换了新环境，他的调皮还是变本加厉。没有小朋友愿意和他玩，他只好跟水交起了朋友。

第一次下水，是在七岁。蓝蓝的游泳池旁，其他的孩子畏畏缩缩地躲在老师后面，他却表现得一脸兴奋。老师问谁愿意第一个试水时，身高一米四的他已经扑通一声跳了下去。虽然呛了好几口水，但老师已经发现了他的胆识和潜力。经过几天的训练，老师越来越喜欢这个调皮的孩子，他在水中的天赋也渐渐显现出来。于是，怎么转化他的顽劣性，便成了摆在老师和父母面前的一大难题。

一次，父亲决定带他去探访一位游泳名将。得知消息，老师立即献上一计。于是父亲找了条偏僻的小路，将他远远地甩在了后面。他大声请求父亲等等，但父亲只顾自己朝前走。这里荆棘丛生、杂乱无章，越是躲避，就越容易被旁边没有注意的杂刺刺到。等他伤痕累累地赶到山顶时，父亲正和游泳名将谈着家常。他本想埋怨父亲，但看到父亲腿上鲜有的伤痕，他立刻哑然无语。"知道我为什么不等你吗？"父亲微笑着说，"因为在这条荆棘丛生的道路上，我只有一个想法，那就是以最快的速度登上山顶，那样我的挫折和伤痕，才能减到最低。"

　　父亲的这番话，让他顿有所悟。谈到未来的理想时，他立刻豪情满怀地对父亲说："你看着吧，在我二十五岁以前，我一定能改写中国的游泳历史。"他并没有忘记自己的誓言，回到体校后，他加紧训练着，成了到达最早、离开最晚的学生。

　　十三岁，成绩优异的他正式入选北京队，成了真正意义上的职业运动员。

　　2003 年，第十届世界游泳锦标赛，他成了中国唯一闯进决赛的男选手。尽管他只获得了 800 米自由泳的第八名，但是他的潜力引起了世人的瞩目。"中长距离之王"哈克特赞誉说："从此，中国将诞生一位传奇人物。"

　　2004 年全国游泳冠军赛，他一人摘得四枚金牌，但他没有停止追赶的脚步。为了进一步提高游泳技能，他曾两次拜访澳洲名将哈克特的教练丹尼斯虚心请教。2008 年北京奥运会上，他获得了 400 米自由泳亚军，实现了中国男子游泳运动员在奥运会比赛中奖牌零的突破。

　　是的，他就是中国泳坛的热门人物——张琳。在 2009 年罗马世锦赛上，他成为继大脚鱼雷索普、"中长距离之王"哈克特后第三位创造 800 米自由泳传奇的巨人，他以 7 分 32 秒 12 的成绩获得了冠军，并将世界纪录提高了 6 秒多。

他的至理名言就是："当你选择之后，你就必须明白，你所有的幸福都得靠自己打拼，你必须往前走，但你永远不知道到达山顶会是脚下的哪一步，所以你只有一步一步，不彷徨，不犹豫，因为你的脚下是遍地荆棘！"（王国军）

慢 一 点 儿 也 能 成 功

成功不是乘电梯，它需要一步一步地攀登。
在成功的路上，你比别人慢一点儿没关系，
只要自己踏实而刻苦地努力，朝梦想的方向追赶，
你就会获得属于自己的成功。

她出生在江苏南京一户普通的工人家庭。两岁时，她还不会走路，父母吓坏了，以为她得了什么病，就带她去医院检查。所幸并无大碍，只是她发育比较慢而已。虽然三岁的她走路还要搀扶，吃饭也得喂，但母亲仍为她能健康而开心。

后来，她渐渐长高了，可以自己走路。慢慢地，她生活可以自理了。但由于智力发育慢，直到小学毕业，她才能写好字。

有一次，数学老师忍无可忍地骂她："你是猪吗？这么笨。我都讲了十多遍了，就是猪也听明白了，可你还是不懂！"

她一听老师提到"猪"，立即高兴地说："老师，我喜欢吃猪

肉。"老师气得冒烟，骂道："你还能更笨一些吗?"

放学时，母亲来领她回家。老师还没有消气，又把她母亲骂了一顿。那一刻，她当场就哭了。

母亲问她："因为老师骂你是猪才哭吗?"她不吭声，只是摇头。母亲说："那是为何?""老师骂妈妈!"她悻悻地说。"没关系，孩子，妈妈不在意。因为在妈妈的眼中，你很聪明，并且会越来越聪明。比别人慢一点儿成长，没关系，那也能有自己的成功。只要你不操之过急，脚踏实地地积累、前进。"

由于每次考试都难以及格，从小学到初中，不论教室在哪里，她都坐在最后排的角落。有一次，她破天荒地考了个 60 分回来，母亲激动地冲出屋子大喊道："快来看!"邻居都围过来看那张 60 分的考卷，很多人不屑地说："哪有你这么宠孩子的，考个及格就那么兴奋!"母亲说："别急着追求完美，要看到她的进步嘛!"说完，母亲立即买了只大鸡腿给她，以示鼓励。

初中后，她的发育终于提速了，个子长高了，通过努力，学习也进步了不少。不久后，她幸运地考上了南京梅园中学。

　　然而，她基础薄弱，远不能胜任高中繁重的课程，因而她的成绩并不出众。有段时间，她的情绪十分低落。母亲见状，安慰她说："孩子，花开都有一个过程，人只要努力播种了，虽然慢一点儿，但总会绽放的。"

　　母亲的安慰像一剂良药，她不再浮躁。后来，她的成绩有了很大提高。

　　2007年，她以优异的成绩考上了中国传媒大学南广学院，学习播音与主持艺术专业。虽然二十岁的她已经长到了一米六五，但在美女如云的学校，她并不是什么风云人物，仅是一棵平凡的小草。

　　尽管她在学校不招人垂青，但她有着自己的追求。课余时，她努力学习英语，经常做一些国际活动的主持和翻译。别人喜欢将自己打扮得风光靓丽，她却忙碌于主持学术活动，耐心地储备。她坚信聚沙成塔、积土成山。

　　2007年，张艺谋到南广学院来选《山楂树之恋》的女主角，她也去应征了。但是张艺谋要的是一个不食人间烟火，且长相十分清纯的女孩，也就是现在的周冬雨，而她自然落选了。

　　虽然失败了，但是她并没有气馁。她安慰自己："我不要急于成功，要有耐性。虽然慢一点儿，但只要我努力了，成功终会垂青自己。"

　　之后，她在完成学业的前提下，经常参加各种社会实践，不仅苦练英语，多次获得学校英语演讲比赛奖项，还担任干部，锻炼自己的组织能力和交际能力。除此之外，假期时，她还"漂"到横店跑龙套。有时，演戏累了，母亲就刺激她说："现在所有人都在等着你，你觉得自己疲惫、委屈吗？别人都认为你不行、认为你笨，难道你也这么认为吗？"每次只要这样一激励，她就重新获得了力量。

　　2009年，她终于迎来了成功的机遇。因为扎实的语言基础和丰富的实践经历，她被张艺谋团队看中，成为"谋女郎"。但是由于表演技巧薄弱，她并没有戏可拍，只能被"雪藏"，接受为期两年的培训。那段时间，她并没有觉得委屈，她总是对自己说：成功不能大跃进，慢一点儿，会有出头之日的。

　　果不其然，2011年她饰演了《金陵十三钗》的女主角，一炮而红，蜚声海内外。

　　她就是倪妮。当谈及今天的成功，倪妮说："成功不是乘电梯，它需要一步一步地攀登。在成功的路上，你比别人慢一点儿没关系，只要自己踏实而刻苦地努力，朝梦想的方向追赶，你就会获得属于自己的成功。"（袁恒雷）

唯 有 埋 头 才 能 出 头

唯有埋头才能出头，如同一粒种子，
在严冬中，只有先将头埋下去，
默默地在地下发芽，等到大地解冻，气温回升的春天到来，
再破土而出，亮出自己！

高考时，理科成绩特别好的他填报的志愿是清华大学土木工程专业，让他和家人无比高兴的是，他轻松地就达成所愿了——分数超出录取线很多。

然而就在他早早打好背包，满心欢喜地等着去北京时，他等来的却并不是一张录取通知书，而是一封安慰信，希望他来年继续加油！

没被录取的原因很快被找到——因为他祖父有几亩田，由于身份的原因，审查没通过！

身份审查不过关，来年再考同样也是不能被录取的，无奈之下，他只好去离家不远的一所厂办技校应聘数学老师。两位工程师面试了

他一下午，对他非常满意，告知他两天后可正式来上班。

但等他去了之后，却又被通知到厂办的一所小学去当一名编外数学老师兼大队辅导员。为了生存，他不得不接受这个改变，答应了下来。

在厂办小学里，他一待就是七年。在这七年里，他并没有因为看不到未来而消沉、失望，而是抓住一切机会学习，不断提升自己。他深信总有一天，他的身份会通过审查的。

也就是在这个时候，一次偶然让他这个工科男迷上本属于文科的史学。"文革"开始后，全国掀起了一股与封建文化和思想决裂的高潮，他所在的学校也不例外，全校师生都开始"造反"，纷纷表态与封建旧文化彻底"决裂"，全校的小学生们都把家里的"古书"和有着浓重封建文化"流毒"的各种各类史学书带到学校来，然后集中堆放到学校的操场上，再用手撕，用脚踩，以表明自己决裂的决心。

孩子们"发泄"后，留下一操场的书，校长让他负责清理，或填埋或焚烧，当他翻开一本本平时难得见到的古书时，他被里面的内容深深吸引了，尤其是一本叫《史记》的文言书。他灵机一动，趁校长不在，赶紧把其中的好多好书偷偷藏了起来。在之后的日子里，一上完课，他就开始如饥似渴地对它们进行阅读。

这为他今后的成功打下了良好的基础。

1977 年全国开始恢复高考，且打破身份限制，他觉得自己终于等来了机会。他辞去了老师的职务，开始疯狂地突击学习，但因为年龄过了，他不能再参加高考，唯一的机会就是直接报考研究生。他选择的是河南大学古代文学专业。

这在常人看来几乎是不可能完成的，但是他相信自己，他把大学里的中文书全都突击了一遍，整日连抄带借，他抄的笔记本叠在一起，足足有两米高。

1979 年，三十四岁的他走进了河南大学研究生招生的考场，当年和他一起报考的有八十人，进入面试的有四十人，最终录取的却只有两个人，其中之一便是他。用一年多的时间从高中生直升研究生，他做到了。

今天的他，依旧对中国史学有着浓厚的兴趣和深入的研究，并在央视著名栏目《百家讲坛》上开讲《史记》，时间长达一年多，其生动有趣的讲述创造了《百家讲坛》栏目自开播以来的收视率新高。

不错，他就是王立群，河南大学文学院教师，中国古典文献学博士生导师。

　　唯有埋头才能出头，如同一粒种子，在严冬中，只有先将头埋下去，默默地在地下发芽，等到大地解冻，气温回升的春天到来，再破土而出，亮出自己！（徐徐）

捕 猎 潜 艇 的 海 鸥

机遇和成功无处不在,
关键在于你能否运用和把握。

　　二战期间,在英国的海湾战场上,德国使用了大批量的潜艇投入
战斗,用以阻击英国向其他国家运送战争物资的船只和舰队。

　　由于英国属于岛国,四面环海,所以该国几乎大半的战争物资都
是靠海上运输来供给。也正是基于此,德军的潜艇更是频频出现在英
国海域,攻击英军的过往船只,用以切断英国船只的自由出入。而
且,由于德国空中战备极其尖端,那一段时间,英军的海上和空中航
线完全陷入了瘫痪状态。英军也曾经试图用航母打击德军潜艇,但由
于德军的舰艇常常神不知鬼不觉地从水下发动猝不及防的攻击,其结
果往往是灾难性的。

　　为了对付德国的潜艇，英国想出了许多办法，如用鱼雷轰炸、用直升机截击，但由于不能准确锁定敌舰的位置，每次均以失败告终。既无法从国外进口设备精良的武器，本国的战略物资也无法及时运出，英国战场几乎陷入了僵局。

　　一天，一个叫托马斯的少校军官在甲板上向远方眺望。无意间，他发现，前方不远处，在夕阳的余晖下，有数百只海鸥正盘旋着飞向前方某一个目标。会不会是发现了敌情？托马斯命令手下把军舰开到近前，原来是众多的海鸥在分食漂浮在海面上的一具鲸鱼尸体。这种情形，在海面上偶然可以看到，所有的士兵都不以为意了。但此时托马斯却突发灵感。他想出了一个简单而有效的办法，那就是利用经过训练的海鸥来发现敌人的水下潜艇。

　　托马斯首先让自己的潜艇在海面上不断地沉浮，在潜艇浮出水面的时候，通过正上方的直升机向潜艇上方海面抛撒食物，由于海鸥具有成群争食的习性，所以一旦有潜艇浮出水面，附近海域的大批海鸥便纷纷聚集过来。经过反复多次的训练，海鸥形成了条件反射，它们逐渐把浮出的潜艇或者水下的黑影当作进食的信号，只要一看见水下有黑影运动，就立即在海面上尾随盘旋。如此一来，通过海鸥的成群聚集，就可以准确地锁定对方的具体位置。

　　随后，英海军在海面上建立了大量的瞭望观察哨，通过望远镜观察海鸥的聚集情况来判断敌情。从此，只要有德军的舰艇在浅水下航行，成群结队的海鸥便会紧紧尾随，一齐围拢过来，紧随潜艇贴近海面追逐盘旋。当德国的潜艇刚一浮出水面，大批早已做好战斗准备的英国猎潜飞机和舰队就立即尾随包抄过来，给予其迎头痛击。

　　正是由于运用这种海鸥猎潜的办法，英军大大提高了反潜作战的效率，并且很快夺回了制海权。出乎所有人的预料，小小的海鸥居然为英军的最后胜利奠定了坚实的基础。

　　直到今天，人们在英国格里姆斯比城的海滩公园还可以看到这样一组石雕：在德国潜艇的上方飞翔着数十只海鸥，它向人们揭示了这些小小的海鸥为那次战役所立下的不可磨灭的功勋。

　　很多年后，这段精彩的战例还被写进了英国国防部的作战守则，在其下方只有一句批语：机遇和成功无处不在，关键在于你能否运用和把握。（方益松）

成 功 的 门 都 是 虚 掩 着 的

在这个世界上，只要你有真实的付出，
就会发现许多门都是虚掩着的，
尤其是成功之门。

1968 年，在墨西哥奥运会的百米赛道上，美国选手吉·海因斯撞线后，转过身子看运动场上的记分牌。当指示灯打出 9.95 分的字样后，海因斯摊开双手自言自语地说了一句话。这一情景通过电视网络，至少有好几亿人看到，可是由于当时他身边没有话筒，因此海因斯到底说了句什么话，谁都不知道。

1984 年，洛杉矶奥运会前夕，一位叫戴维·帕尔的记者在办公室回放墨西哥奥运会的资料片，当再次看到海因斯的镜头时，他想，这是人类历史上第一次有人在百米赛道上突破 10 秒大关，海因斯在看到记录的那一瞬，一定说了一句不同凡响的话。这一新闻点，竟被四百多名记者给漏掉了，这实在是个天大的遗憾。于是他决定去采访海因斯，问他当时到底咕哝了句什么话。

　　凭着做体育记者的优势，他很快找到了海因斯。当他提起十六年前的事时，海因斯想了想笑着说："当时难道没人听见吗？我说，上帝啊，那扇门原来是虚掩着的！"

　　谜底揭开之后，戴维·帕尔接着对海因斯进行了采访。针对那句话，海因斯说："自美国运动员欧文斯于 1936 年 5 月 25 日在柏林奥运会上创下 10.3 秒的百米赛世界纪录之后，以詹姆斯·格拉森医生为代表团的医学界断言，人类的肌肉纤维所承载的运动极限不会超过每秒 10 米，的确，这一纪录保持了三十二年，这一说法在田径场上非常流行，我也以为这是真的，但是，我想我高水平该跑出 10.01 秒的成绩。于是，每天我以自己最快的速度跑五十公里。因为我知道，百米冠军不是在百米赛道上练出来的。当我在墨西哥奥运会上看到自己 9.95 秒的纪录之后，我惊呆了，原来 10 秒这个门不是紧锁着的，它虚掩着，就像终点那根横着的绳子。"

　　后来，戴维·帕尔根据采访写了一篇报道，填补了墨西哥奥运会留下的一个空白。不过，人们认为意义不仅限于此，大家都觉得，海因斯的那句话——成功的门都是虚掩着的，给世人留下的启迪才是最重要的。（佚名）

人 生 中 的 麦 穗

人的生命是有限的，机会也不可能永远摆在那儿，
我们必须摒弃心中的贪念，摆脱各种各样的诱惑，
及时做出决断，摘下那根颗粒饱满的"麦穗"。

一天，古希腊哲学家苏格拉底把他的学生叫到一块成熟的麦田前，并对他们说："咱们来玩一个游戏，看谁能摘到麦田里最大的麦穗，条件是只许进不许退，最终的胜利者将获得特别嘉奖。"说完，苏格拉底奔向了麦田的尽头。

学生们听罢，兴高采烈地走进麦田，然后认真地搜寻着最大的那根麦穗。起初，他们信心百倍，以为这个任务很容易完成，但到了麦田里才惊讶地发现，麦穗成千上万，并且大小看起来都差不多。到底哪一根才是最大的呢？学生们看看这株，摇了摇头；瞧瞧那株，还是摇了摇头。有时他们也会寻到一两根自认为最大的麦穗，但与后面摘

到的一比较，才发现它不是最大的，于是便随手丢弃了。就这样，学生们一路前行，左挑挑，右选选，不知不觉，他们走到了麦田的尽头，而此刻，大家依然两手空空，始终没有找到最满意的那根麦穗。

学生们垂头丧气地站在麦田边，他们的心里充满了懊悔。苏格拉底看在眼里，微笑着对他们说："这块麦田里肯定有一根最大的麦穗，但你们不一定看得见，即使看见了，也无法准确地判断出来，因此，摘到你们手里的才是最大的麦穗。"学生们听后恍然大悟，之前他们一直觉得机会还有很多，最好的、最大的麦穗一定在后面，用不着急于下手，而事实上，机会稍纵即逝，一旦错过了就再也找不回来。

其实，我们的人生也犹如行走在一片漫无边际的麦田里，每个人都在寻找最大的那根"麦穗"。不过，在机遇面前，有的人瞻前顾后、停步不前，有的人东张西望、优柔寡断。结果，丢了西瓜，捡了芝麻，与成功失之交臂。诚然，追求最大的"麦穗"并没有什么不对，但把眼前那根麦穗握在手里，才是最实在的，也是最聪明的做法。

人的生命是有限的，机会也不可能永远摆在那儿，我们必须摒弃心中的贪念，摆脱各种各样的诱惑，及时做出决断，摘下那根颗粒饱满的"麦穗"。（周礼）

卷　二

梦　想
让你与众不同

　　流年，在掌心汹涌成一道道纠缠的曲线；青
春，在岁月里茫然无措地苟且。而窗外，梦想像
失意的紫荆花，在单调黑白的世界里，却依然倔
强着，未曾枯萎。

将 梦 想 置 顶

一个人的时间在哪儿,
他的成就就在哪儿。

对于许多人来说,生命里最大的不幸莫过于在最需要呵护的童年里失去母亲。六岁的法国男孩雷奈克便是其中的一员。

雷奈克的母亲患有非常严重的肺结核病。温暖的笑、苍白的面容、消瘦的身体和暗夜里那一阵阵撕心裂肺的咳嗽声,是母亲留给小雷奈克最初的也是最深的记忆。

幼年时的雷奈克几乎没有得到多少母爱,便被父亲送到了叔叔家寄养。母亲的肺结核具有很强的传染性,当时的医学根本就无法医治。一家人都希望小雷奈克能远离病源,有个健康的身体。然而很不幸,年幼的雷奈克还是传染了母亲的肺结核病。

　　雷奈克的叔叔居洛木是个医生，尽管他对待小雷奈克像对待自己的亲生儿子一样疼爱，然而叔父的关心却终是无法代替母亲的怀抱，每当身边的小朋友一脸幸福地说起自己的爸爸妈妈时，小雷奈克总是悄悄地躲到一边，沉默不语。

　　多少次，暗夜里，从睡梦中醒来，面对窗外皎洁的月光，小雷奈克静静地想：等将来长大了，一定要当全法国最出色的医生，让所有像妈妈一样的人都能摆脱病魔的困扰，快快乐乐地生活。为此，虽然身体羸弱，可小雷奈克的意志非常坚定，从背上书包的那一天起，他便成了班上学习最刻苦的学生。

　　1801年，带着父亲和叔叔凑的六百法郎，十九岁的雷奈克只身来到巴黎，向巴黎最有名的大医院——创建于1607年的慈善医院递交了入学申请。雷奈克之所以选择这家医院，是因为它拥有当时最有名的医生科维萨特。科维萨特是19世纪法国医学黄金时代的代表人物，一度曾经做过拿破仑的御医。

　　在科维萨特的帮助下，仅仅用了不到三年的时间，雷奈克便通过了当时最优秀学校的所有严格的资格考试，获得了一名法国医学生所能获得的最高荣誉，被选进属于皇家医学会的医学卫生学院。后来，他如愿以偿地成了巴黎内克医院的一名医生。

从医的每一个日子里，雷奈克坚守着自己的梦想，努力做一名最优秀的医生，竭尽全力地帮助每一个患病的人。

然而，许多时候，不是光靠个人努力和热情就能解决问题的。

一次，雷奈克接诊了一位女病人，病人很胖，雷奈克给她检查后并未发现任何异常。然而病人痛苦万分的表情却分明昭示着她确实有病，而且病得很重。那个女人在医院住了好几天，最终也没检查出病因来，几天后的一个傍晚，她死了。

征得家属的同意后，雷奈克解剖了病人的腹腔，发现腹腔内有大量的积水。原来，这个胖病人的腹部脂肪太厚，单凭医生用手敲打腹腔根本听不出异样来，而如果能及时发现病因，这名病人完全可以活下来。

女病人和雷奈克母亲过世时的年龄差不多，她的死，意味着又有一个或几个如雷奈克一样的幼儿失去了母亲。一个从小便立志做一名优秀医生的人，面对和自己母亲一样的病人，却束手无策，任其死去。雷奈克陷入一种深深的自责中。

从那之后，如何能发明一种可以清晰地听到病人胸腔里心肺运转情况的仪器，成了雷奈克工作之余一直苦苦思索的问题。

　　1816 年 9 月的一个下午，雷奈克在公园里散步，无意中发现，有几个孩子正在木料堆上做游戏。一个孩子在一根木料的这一端，用大铁钉敲击木料，另外几个孩子在木料的另一端，用耳朵贴在上面听那敲击的声音。

　　看着孩子们兴高采烈的样子，雷奈克突然想到了什么，他快步走上前去，对几个孩子说："小朋友，让我听一听好吗？"孩子们愉快地答应了。雷奈克将耳朵贴在木料的一端，果然，通过木料，另一端敲击的声音清晰地传来。

　　"听到了，听到了。"雷奈克像发现了新大陆一样，立即招来一辆马拉篷车，纵身跳了上去，直奔医院。跑进办公室，雷奈克拿起一个笔记本，卷成筒状，把它紧紧地贴在一个女孩左边丰满的乳房下，那一刻，他清楚地听到了病人心肺的跳动声，长期困扰他的诊断问题瞬间迎刃而解！

　　后来，经过多次试验，雷奈克试用了金属、纸、木等材料的不同长短形状的棒或筒，最后改进制成了长约三十厘米、口径零点五厘米、中空、两端各有一个喇叭形的木质听筒，这便是人类医学史上第一只听诊器。透过它，雷奈克能非常准确地诊断出许多不同的胸腔疾病，他也因此被后人尊为"胸腔医学之父"，年少时的梦想终于变成了现实。

今天，先进的医疗器械进入了医院，但是，听诊器仍然是最基础、最简便、最重要的诊断仪器。现在，越是名医越重视听诊，也越能通过听诊器发现心肺疾病的蛛丝马迹。

敲击固体物质的一端可以从另一端听到放大的声音，这原本是一个再普通不过的生活现象，之所以能被雷奈克发现，并创造了人类医学史上的一大发现，是因为，从失去母亲的那一天起，他的梦想便是成为全法国最优秀的医生，为此他付出了一生的努力。

许多时候，现实常常是这样，生命之初，几乎每一个年少的你我都曾有过梦想：当一名优秀的人民教师，做一名杰出的科学家，成为一名英勇的人民警察……小时候，我们的梦想是那么简单而清晰，然而随着时间的推移，这些梦想不是被现实压缩得不可察觉，便是被一个又一个的念头抵消，最终变得了无痕迹，成为生命暮年感叹的标的。

一位作家曾经说过，一个人的时间在哪儿，他的成就就在哪儿。固然，我们无法选择事业的成败，但至少，我们可以选择，在自己人生的主页上，将梦想置顶，并为之坚持不懈地努力下去……（朱砂）

只 记 寒 宵 不 记 梦

是的，他一生都在经历寒宵思虑，
虽然他从不记取那些时刻的梦想与憧憬，
可是，我们知道，那些寒冷与黑暗，
正是他生命中最肥沃的土壤，生长出比梦想更为美好灿烂的东西。

1940 年的寒冷春夜，战场上，法国部队所在地，一个三十多岁的士兵正借着微弱的光亮，在一个本子上急匆匆地写着什么。外面是硝烟战火，是黑暗，可他的心却平静无比，枪支夹在腋下，就像手中的笔一样自然。

有人凑过来问："喂，小个子，你在写什么？还在幻想着你心里的美好世界吗？"他摇了摇头，说："不，我只是在记录这个难忘的夜晚，在这样的夜里，再美的梦也不值得去写！"

他个子很矮，而且眼睛有些残疾，就算他目视前方，眼球也会斜到边缘上去。战友们都叫他小个子，认为他是一个奇怪的人，自己跑到战场上来，战斗勇猛，屡出惊人之举。事实上没有人知道，在这之前，他已经是一个相当有名气的作家，出版了好几部小说。只是那时他也不会想到，有一天会亲临枪林弹雨。

他的生活从苦难开始，年幼丧父，十二岁时母亲改嫁，继父与他格格不入，两个人相互间的反感已达到了一定的程度。他喜欢看书，喜欢思考问题，很少出去和伙伴们玩。虽然那时附近的孩子们也叫他小个子，并嘲笑他的眼睛，可他并不因此自卑；相反，他的心里有着一种与年龄不符的决心。那时的生活还很艰难，他独自住在一个小屋子里，四处漏风。

冬天的时候，他常常被冻得睡不着，便睁大着眼睛，从房顶的缝隙间望出去，直到有一颗冷冷的星星进入他的眼睛。

后来，他曾多次想起过童年的那些冬夜，在寒冷的包围中，他想到了许多与温暖有关的东西。只是那些东西，已经不再留有一丝印痕，深刻在心中的，只有那夜晚、那寒冷、那颗星。

可是奇怪的是，他似乎留恋一切艰苦的境遇，有时会自己去寻找，寻找那些可以和童年的苦难契合的地方。更重要的，他是想去寻找年幼时曾那样注目过的一颗星。于是，他来到了二战的战场，来到了危机四伏的加勒比海域，来到了中东战争爆发后的加沙地带。在那些地方，他就像回到童年的怀抱里，就像那些寒夜，冷冷中有着一丝温暖。也只有在那些地方，他才能看到那颗给他希望与启迪的星星。

在他四十五岁那年，有一个举动震惊了世界。他竟然拒绝了诺贝尔文学奖！虽然之前也曾有两个作家拒领了该奖，可都是出于政治原因。而他，却是自己不愿意。他觉得，那个奖项的光环，会照亮头顶的夜空，从而使他再也寻不见那颗星星。于是，掀起了一个讨论他的热潮，世界上许多人都对他更感兴趣，每天都有人来拜访他，想从他的只言片语中推断他的思想与心境。更有每天上百封的信件从各地飞来，还有那么多的演讲、宴会……他没有想到，只是拒领了一个奖，却引来更多的纷扰。

后来，他隐居于巴黎一个僻静的住所。那是一个十楼的极小的房间，只有几样很简陋的家具，几个装满烟蒂的烟灰缸。他就在这里深居简出，仿佛湮没于尘世熙攘的人海。每天看书写作累了，便踱到窗前，可以看到郊外的一片空地，那是他目光停留最多的地方。多年以后，当仰慕他的人们来到这里，从窗口望出去，依然是那片空地，只是那里有了一座坟墓，那片常被他目光抚摸之处，成了他的长眠之所。

　　这个叫萨特的人，几乎一生都在黯淡的际遇中行走，或者说，他一生都走向那些黑暗寒冷的去处，除了他自己，也许没有人知道他在寻觅些什么。虽然他在文学上成了法国文坛泰斗，成了世界文学大师，虽然他在哲学上成了著名的思想家，可留给后人的，却是无尽的猜想与追思。

　　是的，他一生都在经历寒宵思虑，虽然他从不记取那些时刻的梦想与憧憬，可是，我们知道，那些寒冷与黑暗，正是他生命中最肥沃的土壤，生长出比梦想更为美好灿烂的东西。（佚名）

爱　着

你弯身在书桌上，看见了几行蹩脚的小诗，
我满脸通红地收起稿纸，
你又庄重又亲切地向我祝福，
"你在爱着。"我悄悄叹了口气，是的，爱着。

堂哥家贫，初中辍学，十五岁就蹬着三轮车，车把挂杆秤，在县城走街串巷收废品。夏天的中午，困了，就在小区外找个树荫，在三轮车上打盹儿，过往的人一喊："喂，有废品啦！"他就赶紧爬起来，一手拎袋子，一手提秤，跟人家进小区。

堂哥天生对书有一种敬畏。收到书，他就挑出一些，回到家，小心地用肥皂水擦干净。他打了一个书架，把收废品收来的书一本本地排好。他的书渐渐丰富起来，家里像个小图书馆。

日子就这样不紧不慢地过着。他二十二岁那年娶了媳妇，农闲时还是蹬车到县城收废品。

这天，有人处理废品，是几箱子旧书和一些笔墨纸砚。原来本地一位老书法家去世了。那家的青年说："终于处理啦！这堆毛笔、砚台什么的，你捎出去扔了吧！"堂哥一见那些书，顿时呆了：是龙飞凤舞的字帖和斑斑驳驳的碑拓。他没有去废品站把那堆东西论斤卖，而是直接蹬着三轮车回了家。

那晚，堂哥高兴得半夜没合眼，洗净手，在自己的"书房"里恭恭敬敬地摆上文房四宝，战战兢兢地用毛笔濡了清香的一得阁墨汁，在洁白的宣纸上写下平生第一个毛笔字。笔在空中犹豫着、犹豫着，一大滴墨汁等不及了，"啪"地落下来，在宣纸上晕开一大朵墨牡丹，吓了他一跳。

我回老家，去堂哥家玩，写字台上有他刚写的毛笔字，一笔一画，歪歪斜斜。他看着我，脸一下子红了。我想起有位老同学的父亲退休后研究书法，就带堂哥去请教。堂哥带着一袋自家种的绿豆作为拜师礼。老先生看了他的字，说："这样随便写永远不会入门，必须临帖。"并递给他一本字帖说："先临这本《颜勤礼碑》吧！"于是堂哥生活中多了一件雅事：晚上必在灯下临摹一阵字帖，无论白天田里的活多累，收废品回来多晚，他都要写一会儿。老先生每次看了他的字，都夸他有长进。堂哥很欣喜，写得更用心。

后来，他岳父得病，需要很多钱。他就学习开挖掘机到外地干活。每次外出他必带一个小木箱，里面是文房四宝。晚上，别人出去喝酒，留他看工地，他正好写字。一次，老板开玩笑："你现在是两个'全国之最'：在全国开挖掘机的人里，你的毛笔字写得最好；在全国写毛笔字的人里，你挖掘机开得最好！"工友们大笑，他微笑不语。

一次，我出差正好到堂哥干活的那座城市，晚上到工地找他。帐篷里，电灯下，他在小餐桌上写字。看到我来，他不好意思地把字盖住，微笑起来。此情此景，使我心头忽然跳过舒婷的几句诗："你弯身在书桌上／看见了几行蹩脚的小诗／我满脸通红地收起稿纸／你又庄重又亲切地向我祝福／'你在爱着'／我悄悄叹了口气／是的，爱着。"

去年，我听说县里举办建党九十周年书画展，给他打电话。他沉默了一会儿，低声说："我哪行呀？"我说："你试试呗！"

后来，评委会通知他：作品入选，请于7月1日早晨8点整，到县文化馆参加开幕式。

　　6月30日傍晚，堂哥风尘仆仆地赶到我家，他是专门请假回来的。一向穿着随意的他，穿了一身崭新的西装。晚上，从不喝酒的他，破例喝了几杯。看到我在笑，他忽然扭过头去，用袖子轻轻抹了一下眼睛。（姜仲华）

梦 想 让 你 与 众 不 同

奋斗改变命运，梦想让你与众不同。

今天，在世界的各个角落，无论是清晨还是傍晚，总有数以千万计的男人们脸上涂着肥皂泡、对着镜子，用一种叫作"蓝吉列"的刀片刮着胡子。世人对于美国"刀片巨人"吉列公司也许并不陌生，然而却鲜有人知道这样一个让男人的日常生活变得轻松、惬意的发明是源于吉列公司的创始人吉列的一个梦想。

童年时的吉列由于家境贫穷，读书不多，十几岁便开始学做生意，后来当了推销员，过着衣食无忧的生活。然而吉列并不满足于过这样的生活，总想轰轰烈烈地干一番大事业。周围的人都嘲笑他想过上等人的生活想疯了。

　　1891 年，吉列遇到锯齿瓶塞的发明人彭特尔。彭特尔向他建议，集中精力去开发顾客必须反复购买、用完就扔的产品，是一条成功的捷径。这一观点激起了吉列强烈的兴趣和好奇心，从那时起，每到晚上，吉列总要煮上一壶咖啡，一个人坐在沙发上，一边品尝着咖啡的美味，一边不断思索着如何"开发顾客必须反复购买、用完就扔的产品……"

　　1895 年夏天的一个早晨，吉列正在一家旅馆的房间内剃胡子，当他拿起刮刀时，却发现刀口已不锋利，外出推销是不可能带着笨重的磨刀石的，无奈，他只得忍着痛一点点地刮着胡子。好不容易刮好了，脸上却留下了几道伤疤：难道世界上就没有比这更好的剃须刀吗？想着想着，吉列突然眼前一亮：啊！这不正是"用完就扔掉的"东西吗？!

　　回到家，吉列立即辞去了推销员的工作，专心研究、设计一种安全、锋利的剃须刀。没有了收入，吉列原本就不富裕的生活更是捉襟见肘，有时在街上遇到熟人或朋友，大家都纷纷躲着他走，生怕这个穷光蛋会给自己带来麻烦。好在吉列的妻子很理解他，用自己做零工的钱支撑着他们那个风雨飘摇的家。

　　一天，正在做实验的吉列突然眼前发黑，倒在了地上，妻子赶紧把他扶到了屋外的长椅上休息。当吉列从昏迷中醒来时，突然被眼前的一幕情景深深地吸引了：离他不远处的田野里，一个农民操着一把耙子，把地整修得又细又平，这是什么道理，是不是与那很密的耙齿有关？刹那间，吉列思维的心空豁然开朗：我为什么不能把安全剃须刀设计成耙子一样呢？

一时间，吉列忘记了自己虚弱的身体，马上信心十足地跑回实验室，着手研究制造薄钢刀片，并用一个像耙子那样的"T"形架子把刀片夹起来。

然而当他兴致勃勃地把自己的新产品摆在朋友们面前时，却得到了一通嘲笑。可他并没有放弃。1901年，吉列的好友将吉列刮胡刀的设想告诉了麻省理工学院毕业的机械工程师尼克逊，尼克逊同意研究吉列的设想。数周后，尼克逊成为吉列的合伙人。尼克逊在吉列原有设想的基础上加以改造，于是安全、方便的吉列剃须刀终于诞生了。

在吉列刀片问世翌年，竟然创造了一千二百四十万美元的惊人业绩。接下来，吉列着手在世界各地投资兴建了许多座吉列刀片分厂，使吉列刀片的生产与销售节节攀升，吉列因此成功地实现了他的梦想，并轰轰烈烈地开始了他的创业生涯。

　　德国著名的音乐家舒曼曾经说过："人才进行工作，天才进行创造。"吉列用他二十年如一日默默无闻的潜心研究使自己从一个小人物一跃成为改变了数亿普通人生活质量的天才。今天，当吉列刀片走进千家万户、成为成年男人必备的生活用品时，又有谁还敢嘲笑当初那个梦想的荒唐？

　　奋斗改变命运，梦想让你与众不同，在文章的结尾，这话送给今天所有在自己的人生路上正踌躇满志的年轻人，愿每个人都能从吉列的人生轨迹中有所启迪。（朱砂）

成 功 背 后

成功非侥幸，所有成功的背后，
都有一个满是辛酸挣扎拼搏的故事。

四岁时，妈妈带他去学钢琴，老师弹了一曲，他听了一遍就能复弹出来。老师誉之为天才。从四岁到九岁，他一直在学钢琴，老师极严厉，他每弹错一个音，"啪"的一声，一棍子已打在他的手背上。五年里，他的手背每天都是青的。回家后，还要练琴到深夜，母亲手拿一根小棍子就站在他的身后。等到睡觉时，十个手指肿得老大，钻心地痛，连掀被子这么一个简单的动作，都要忍着巨大的疼痛才能完成。

他的童年是在汗水与泪水中度过的，少了许多童趣。我真不敢想象，那么小的一个孩子，是如何挺过来的。

十岁时，他开始学习大提琴。爸爸有了外遇，他被送到了奶奶家。那是一个寂寞的乡村，他变得更加内向而忧郁。

十四岁，父母离婚了。十六岁，由于家庭的变故和对音乐的过于投入，中考时总分才考了 100 多分。面对着母亲的泪水，他也茫然地落泪。

他开始卖报，用大提琴招揽顾客。几个月后，一个老师路过，惊诧于他琴技的精湛，介绍他进了一所高中的音乐班。十八岁、十九岁，两次高考落榜。又由于长期弹琴，他得了僵直性脊椎炎，从此他常常因为疼痛而冷汗直流。

病痛缓解后，他在一家餐厅当了服务生，几个月后，成了餐厅的钢琴手。

后来，在朋友们的鼓励下，他报名参加了台北星光电视台《超猛新人王》大型选秀活动。他自己填词，自己谱曲，创作了一首新歌《梦有翅膀》。

比赛那天，他钢琴伴奏，另一个年轻人主唱，没想到配合失败，台下倒彩声一片。他放声大哭。主持人上来了，看看他的曲谱安慰他说，小伙子，曲子谱得不错，很有潜力，明天来我的公司上班吧。这位主持人，就是台湾的顶级娱乐人吴宗宪——阿尔发音乐公司的老板。

　　进入阿尔发公司后，底薪几百元，专门为歌手写歌，曲子被采用后，另有薪酬。大半年后，没有一个歌手愿意用他的歌。在竞争激烈的娱乐界，用一个新人的作品是要担风险的，没人愿意。

　　他决定背水一战，他要自己演唱自己的歌。他冲进吴宗宪的办公室，请求给他一次机会。吴宗宪被这个年轻人的执着感动了，决定给他一次机会，不过有个条件，就是让他在十天内写出五十首新歌。

　　十天里，他夜以继日，终于写出了五十首新歌。吴宗宪从中精选了十首，发行了他的首张专辑。专辑上市后，大受欢迎，销售一空。从此他成了年青一代的偶像。他的名字叫周杰伦。

　　其实第一次听周杰伦的歌，我很是没有好感。我想，这大概是个富家子弟，是家族用大把的钱把他包装捧红的吧。而当我了解了他的成长经历，懂了他光鲜照人的成功背后和那一串串感人至深的人生足迹后，再看荧屏上那个活泼玩酷的他时，心中涌起了深深的感动与钦佩。也让我明白成功非侥幸，所有成功的背后，都有一个满是辛酸挣扎拼搏的故事。

　　当你对别人的成功充满艳羡或故作不屑时，我想问你：那汗水纷飞血泪交织的奋斗历程，你有吗？（朱国勇）

梦 想 家——哥 伦 布

即使是简单的也需要有人去发现、去证实。
站在后面指手画脚是无用的，关键在于创新。

　　克里斯托弗·哥伦布是一位梦想家，是意大利的著名航海家，是
地理大发现的先驱者。1451 年 8 月或 10 月生于意大利热那亚，1506
年 5 月 20 日卒于西班牙巴利亚多利德。

　　哥伦布出生在热那亚的工人家庭，是信奉基督教的犹太人后裔。
他读过《马可·波罗游记》，十分向往印度和中国。长大后当上了舰长，
是一名技术娴熟的航海家。哥伦布年轻时就是地圆说的信奉者，是曾
经在热那亚坐过牢的马可·波罗的崇拜者，他立志要做一名航海家。他
确信西起大西洋是可以找到一条通往东亚的切实可行的航海路线的。
　　他坚决要把这种梦想变成现实。他先后向葡萄牙、西班牙、英

国、法国等国国王请求资助，以实现他向西航行到达东方国家的计划，都遭拒绝。最后他终于说服了伊莎贝拉一世皇后为他的探险航行提供了经费。他在 1492 年到 1502 年间在西班牙国王的资助下四次横渡大西洋，到达美洲大陆，他也因此成为名垂青史的航海家。

　　一次，在西班牙关于哥伦布计划的专门的审查委员会上，一位委员问哥伦布：即使地球是圆的，向西航行可以到达东方，回到出发港，那么有一段航行必然是从地球下面向上爬坡，帆船怎么能爬上来呢？对此问题，滔滔不绝、口若悬河的哥伦布也只有语塞。

　　当时，西方国家对东方物质财富需求除传统的丝绸、瓷器、茶叶外，最重要的是香料和黄金。其中香料是欧洲人起居生活和饮食烹调必不可少的材料，需求量很大，而本地又不生产。当时，这些商品主要经传统的海、陆联运商路运输。经营这些商品的既得利益集团也极力反对哥伦布开辟新航路的计划。

　　哥伦布为实现自己的梦想和计划，到处游说了十几年。到1492 年，西班牙王后慧眼识英雄，她说服了国王，甚至要拿出自己的私房钱资助哥伦布，使哥伦布的计划得以实施。

　　1492 年 8 月 3 日，哥伦布受西班牙国王派遣，带着给印度君主和

中国皇帝的国书，率领三艘百十来吨的帆船，从西班牙巴罗斯港扬帆
出大西洋，直向正西航行。经七十个昼夜的艰苦航行，1492 年 10 月
12 日凌晨终于发现了陆地。哥伦布以为到达了印度。后来才知道，
哥伦布登上的这块土地，属于现在中美洲巴勒比海中的巴哈马群岛，
他当时为它命名为圣萨尔瓦多。

1493 年 3 月 15 日，哥伦布回到西班牙。此后他又三次重复他的
向西航行，又登上了美洲的许多海岸。直到 1506 年逝世，他一直认
为他到达的是印度。

后来，一个叫亚美利哥的意大利学者经过更多的考察，才知道哥
伦布到达的这些地方不是印度，而是一个原来不为人知的新大陆。哥
伦布发现了新大陆。但是，这块大陆却用证实它是新大陆的人的名字
命了名：娅美丽雅哥洲。后来，对于谁最早发现美洲不断出现各种微
词，哥伦布发现新大陆的结论是不容置疑的。这是因为当时，欧洲乃
至亚洲、非洲整个旧大陆的人们确实不知大西洋彼岸有此大陆。

至于谁最先到达美洲则是另外的问题，因为美洲土著居民本身就
是远古时期从亚洲迁徙过去的。中国、大洋洲的先民航海到达美洲也
是极为可能的，但这些都不能改变哥伦布发现新大陆的事实。

哥伦布的远航是大航海时代的开端。新航路的开辟，改变了世界

历史的进程。哥伦布这一创时代的举动带给人类社会和文明的影响无疑在人类历史上占有举足轻重的地位，在往后的每一历史时代对他的评价都会有所不同，但他开创新时代的影响是不容置疑的。他开创了在新大陆开发和殖民的新纪元。当时欧洲人口正在膨胀，有了这一发现，欧洲人就有了可以定居的两个新大陆，就有了能使欧洲经济发生改观的矿藏资源和原材料。

这一发现，导致了美国印地安人文明的毁灭。从长远的观点来看，还致使西半球上出现了一些新的国家。这些国家与曾在该地区定居的各个印地安部落截然不同，它们极大地影响着旧大陆的各个国家。它使海外贸易的路线由地中海转移到大西洋沿岸。从那以后，西方终于走出了中世纪的黑暗，开始以不可阻挡之势崛起于世界，并在之后的几个世纪中成就海上霸业。一种全新的工业文明成为世界经济发展的主流。

哥伦布说过：即使是简单的也需要有人去发现、去证实。站在后面指手画脚是无用的，关键在于创新。（佚名）

保 存 着 的 梦 想

只要不让年轻时美丽的梦想随岁月飘逝，
成功总有一天会出现在你面前。

　　有个叫布罗迪的英国教师，在整理阁楼上的旧物时，发现了一摞
练习册，是皮特金幼儿园 B（2）班三十一位孩子的春季作文，题目
叫《未来我是……》。他本以为这些东西早就荡然无存了，没想到，
它们竟安然地躺在自己家里，并且一躺就是五十年。

　　布罗迪随手翻了几本，很快便被孩子们千奇百怪的自我设计给迷
住了。比如，有个叫彼得的小家伙说自己是未来的海军大臣，因为有
一次他在海里游泳，喝了三升海水都没被淹死；还有一个说，自己将
来必定是法国总统，因为他能背出二十五个法国主要城市的名字；最
让人称奇的是一个叫戴维的盲童，他认为，将来他肯定是英国的内阁

大臣，因为在英国还没有一个盲人进入过内阁。

总之，三十一个孩子都在作文中描绘了自己的未来。

布罗迪读着这些作文，突然有一种冲动：何不把这些本子重新发到同学们手中，让他们看看现在的自己是否实现了五十年前的梦想？当地一家报纸得知他的这一想法后，为他刊登了一则启事。没几天，书信便向布罗迪飞来。其中有商人、学者及政府官员，更多的是没有身份的人。他们都表示，很想知道自己儿时的梦想，并且很想得到那本作文本，布罗迪按地址一一给他们寄去。

一年后，布罗迪手里仅剩下戴维的作文本没人索要。他想，这个人也许是死了。毕竟五十年了，五十年间是什么事都会发生的。

就在布罗迪准备把这个本子送给一家私人收藏馆时，他收到了内阁教育大臣布伦克特的一封信。信中说，那个叫戴维的就是我，感谢您还为我们保存着儿时的梦想。不过我已不需要那个本子了，因为从那时起，我的梦想就一直在我的脑子里，从未放弃过。五十年过去了，可以说我已经实现了那个梦想。

今天，我还想通过这封信告诉其他三十位同学，只要不让年轻时美丽的梦想随岁月飘逝，成功总有一天会出现在你面前。（皮尔曼）

梦 想 在 自 己 手 中

无论是高远还是近切的梦想，
都应该握在自己的手里，
自己慢慢地去圆……

　　20 世纪中叶的一个夏天，一位从法国南部偏远的乡村来到首都巴黎寻找机遇的青年漫步在香榭丽舍大街上，欣赏着流光溢彩的现代化都市的繁华，快速成功的渴望在心底强烈地燃烧起来。

　　他清楚自己身份卑微，除了年轻的梦想，几乎没有任何优势可言。而要靠自己一点点地打拼，似乎又太缓慢、太艰难了，他想借助外力走一些捷径。于是，便揣着自己的梦想，开始四处拜访自己崇拜的社会名流，但迎接他的却是一连串的失望，除了收到许多鼓励以外，没有一位名流能够真真切切地助他一臂之力。

　　满怀失落的他，拖着疲惫的身子在黄昏的大街上踯躅着，不知不觉间来到希尔顿大饭店门前，用羡慕的目光打量着饭店前那一台台豪华的名车，和那些进进出出的衣着光鲜、时尚的成功人士，自己眼下的卑微与心中高远的梦想，一时间搅得他心海难平。

他那有些奇异的举止，引起了一位精神矍铄的老者的注意，老者慢慢地走到他跟前问道："年轻人，有什么需要帮助的吗？""我有一个很大的梦想，希望有人帮我实现，但一直没有这个人。"他神色抑郁道。"什么样的梦想，不妨说出来我听听。"老者面含微笑。

"不说那些遥远的梦想了，我现在的梦想，就是能走进这样金碧辉煌的大饭店，在那间最好的包房内，听着优美的钢琴曲，慢慢地品味最精美的大餐。"他不愿再谈自己远大的抱负，顺口说了一个近切的愿望。

"如果你愿意，你跟着我来，我现在就可以帮你实现这个梦想。"老者做了一个邀请的动作，带着他朝饭店里走去。

他真的被领进了只有在电视上才见过的世界最高档的餐厅，坐到了柔软的皮椅上，听到了最动听的音乐，并被告知菜单上所有的菜肴，他都可以任意地点，最后由老者来付费。原来，那位老者正是这家饭店最大的股东亨利先生。

"谢谢您，我懂得自己该怎么做了……"他突然放下手中制作精美的菜单，朝老者深鞠一躬，急匆匆地离开了饭店。

　　十年后的一天，亨利突然接到在零售业界不断制造奇迹的凯特的一个电话，说他要专程来拜谢亨利，感谢亨利曾帮助他走上了成功之路。亨利困惑不解：自己并不曾与凯特打过交道啊，又何谈曾帮助过他呢？不会是凯特记错人了吧？当一位风流倜傥的中年人站到亨利面前时，亨利不禁惊讶地喊道："原来是你啊！"

　　凯特激动地点头："谢谢亨利先生，正是当年您把我领进饭店，让我真切地触摸到了梦想可以是那样的实实在在，让我在那一刻懂得了，别人固然能够帮助自己实现梦想，但那只是短暂的一瞬，我应该把梦想握在自己的手里，像许多成功者那样，去一点一点地顽强打拼……"

　　亨利跷起了拇指："说得好，无论是高远还是近切的梦想，都应该握在自己的手里，自己慢慢地去圆……"（阿修）

我 知 道 梦 想 有 多 美

生活如此平淡，日子按部就班。
可总有一些东西会穿越岁月，亘古不变，
让我们始终保持内心的坚守——比如梦想。

　　他是一个普通的农民，但他和其他的农民又不同。他的世界，除
了广袤的土地、丰茂的果园、一群肥硕健壮的奶牛，还有歌。不是一
般的歌，是意大利歌剧，是《图兰朵》。他四十二岁才开始学习唱歌，
凭着对音乐的痴迷和热爱，他唱到了中央电视台的《星光大道》，唱
到了 2009 年的春节联欢晚会。如今，他的名字家喻户晓，这位来自
大连旅顺五十六岁的农民，他叫刘仁喜。

　　那天，在《艺术人生》的现场，主持人问他："成名了，今后打
算怎么发展？"他说："我就想开一场个人演唱会，录成碟，等下雨
天不能干农活儿的时候，在家里放着自己看。影碟机一放，炕上一

坐，喝点儿小酒，看看，多美……"

　　这是一个农民的梦想，朴实，自然，本真。他知道梦想有多美，所以这大半生里，一直在为这个梦想努力。终于，在没有了经济上的后顾之忧之后，他开始朝着自己的目标迈进。

　　那天，前楼的一位老太太来找我。她拿着一沓稿纸，虔诚得像个小学生："听他们说您是作家，能抽点时间帮我看看稿子吗？"她六十三岁了，之前是一家国有企业的会计，和数字打了三十多年的交道。可她说，她的梦想是当个作家。年轻的时候为了生活，梦想被搁浅。直到退休后，她才开始正式学习写作。每天送孙女上了托儿所后，她就在家里写写画画，不会用电脑，就在纸上写。

　　我接过那沓稿纸，厚厚的，写得密密麻麻。她说："我就想有一本书，写着我的名字。在阳光灿烂的午后，沏一杯茶，坐在阳台上，闲闲地翻上几页……"

　　那一刻，我的心被她的梦想深深感动了。生活如此平淡，日子按部就班。可总有一些东西会穿越岁月，亘古不变，让我们始终保持内心的坚守——比如梦想。曾在一篇文章中看到一句话：我有一个秘密，我知道人生有多美。或许，我们也可以这样说：我有一个秘密，我知道梦想有多美。（卫宣利）

梦 想 无 所 谓 崇 高 与 卑 微

千万不要搁浅你的梦想，也不要一味幻想，
只要保持着前行的脚步和向上的姿势，
你的梦想就在触手可及之处。

人活着没有什么都可以，但千万不能没有梦想。

小时候，我有一个梦想，说出来也许你觉得太小太小，不值一提，但那的确是我的梦。这个梦一直被我珍藏在不被人发现的心里。当然，我曾后悔将它搬到了作文里，直到有一天老师把我叫到办公室。"你知道老师今天叫你来有什么事吗？"我摇摇头。

老师拿出厚厚一叠作文本，说："你看看，别人的梦想，都是当园丁、医生、飞行员、解放军、工程师、科学家……你的梦想怎么能拥有一双白球鞋就完事了，你太没出息了！"

我太委屈，咬紧牙关，忍着巨大的悲伤，一阵风似的跑回了家。

我对父母说，我不想上学了。谁也不知道，就在前一天傍晚，我和姐姐为争抢一双白球鞋，从床上打到了地上，然后跑出村庄，最终我还是输给了姐姐。姐姐成绩一直比我好，这是她比我提前拥有白球鞋的先决条件。

　　"那当然可以成为我的梦想。"我在心里轻轻地说。这个梦想有点儿酸，有点儿甜，还有点儿羞涩和绚烂，却是眼下比较实际的梦想，努力再努力一点儿，就能够得着的梦想……

　　梦想意味着距离。曾经那双白球鞋的梦看起来离我十分遥远，越是够不着它，得到的欲望就越发强烈，反而感觉那个梦想非我莫属。父亲在我迟迟不愿挪动上学的脚步时，轻声地说："目前它都不是你们的，但又都是你们的，看你与姐姐的考试成绩吧，谁考的分高，白球鞋最终就归属谁。"

　　白球鞋，请你一定要等等我！为了你，我已经顾不上上学的小径是多么崎岖，路上的风景有多么美，而一路飞奔；为了你，我已经不管油灯是多么昏暗，星星又眨了几次眼睛，而夜夜苦读。

　　努力是充实的，也是枯燥的。望着柜子顶上的白球鞋，再看着自己似乎没什么长进的分数，有一天我对父亲说："我不要白球鞋了，我将来会有一双皮鞋，你把球鞋给姐姐吧！"父亲没有因为我的"慷慨"而欣慰,沉默一阵后,说:"你连一双白球鞋都得不到,凭什么能得到一双皮鞋?"

父亲的话如当头棒喝,我清醒过来:与其幻想着不可能实现的梦,不如尽全力去冲刺触手可及的梦。

我又开始奋斗、努力,一步步向着我的白球鞋靠近。后来,考试成绩终于公布了,我比平时的考分超出了60多分,这可是有史以来我第一次超过姐姐。那种喜悦无法比拟,我第一次实现了自己的梦。穿上白球鞋,我奔跑在炊烟飘过树木的小路上,庆幸自己没有放弃白球鞋这个看似小小的梦想。

时间一晃,二十年过去了,那双白球鞋只是照片上一个小亮点,现在看来却仍让我心潮澎湃。如果当初放弃了看起来并不崇高的梦想,在以后的人生路上,我可能只会是一个幻想家,而不是实现梦想的人。

我现在已经坐在宽敞的书房里,有专用的书桌、电脑和其他一切所需。进门口的鞋架上,也整齐地摆放着各式各样的鞋子。

有的时候,我们都希望奇迹降临,人生的路上,却永远镌刻着"踏实"。千万不要搁浅你的梦想,也不要一味幻想,只要保持着前行的脚步和向上的姿势,你的梦想就在触手可及之处。(凌仕江)

没 有 翅 膀 也 能 高 高 飞 翔

即使你生来就没有翅膀，但你依然可以高高地飞翔，
因为你心中那永不跌落的梦想，
会为你生出自由翱翔的双翅，
会给你传递无穷的力量，
会帮助你创造无法想象的奇迹。

1983 年的一天，在美国亚利桑那州图森市的一家医院，一个女
婴呱呱坠地。令她的父母异常惊愕的是，女婴居然一出生就没有双
臂，连见多识广的医生也无法解释这个奇怪的现象。

在父母的疼爱下，女婴一天天地长大，成为一个可爱的小女孩。

那天，站在阳台上的女孩，看到与自己同龄的一群孩子正张开天
使般的双臂，在阳光下欢快地奔跑着追逐翩翩起舞的蝴蝶，女孩十分
伤感地向母亲哭诉命运的不公，竟然不肯馈赠她拥抱世界的双臂。

母亲平静地安慰她："孩子，上帝的确有些偏心，但上帝是要送

给你更多的梦想，要让你用行动去告诉人们——即使没有翅膀，也可以高高地飞翔，就像没有修长的十指，你同样可以弹出美妙的琴声，可以写出漂亮的文章……"

"我真的能做到那些吗？"女孩仰起头来。

"只要你肯努力，就能做得到，只要你的梦想没有折断翅膀，你就一定能飞得很高很高。"母亲温柔的目光里充满了不容置疑的坚定。

女孩相信了慈爱的母亲的话，目光一遍遍地抚摸着自己那双看似普通的脚，心中暗暗地告诉自己：我有一双非凡的脚，不只是用来奔走的，还是用来飞翔的。

此后，在父母的指导帮助下，女孩开始有计划地锻炼自己双脚的柔韧性、灵活度和力量。怀揣梦想的她，克服了人们难以想象的困难，经历了谁都无法数清的失败，终于在人们的惊讶中，练出了一双异常自由灵活的脚——她不仅可以用双脚吃饭、穿衣，轻松地实现生活的自理，还学会了用脚弹琴、写字、操作电脑……她用双脚做到了几乎是常人所能做到的一切。

女孩开始在人们面前自豪地展示自己非同寻常的"脚功"，起初遇到的那些异样的眼光里，渐渐地充满了钦佩。在她十四岁那年，女孩彻底地扔掉了那副装饰性的假肢，一脸阳光地穿着无袖的上衣，走进校园、商场、街区……仿佛自己根本就不缺少什么，除了常人那样的一双臂膀。

　　女孩在继续着创造奇迹的脚步，她读书刻苦，作业写得总是一丝不苟，从小学到中学，她的学习成绩始终名列前茅，老师和同学们都十分敬佩她的坚毅和自强。当她拿到亚利桑那大学心理学专业学士学位证书时，一家人幸福地拥抱在一起。父亲自豪地鼓励她："孩子，你还可以做得更棒！"

　　"是的，我还可以做得更棒！"女孩自信地笑着。

　　为了增强腿部肌肉的力量，保持腿部的灵活性与柔韧性，女孩不仅坚持经常跑步，还成为碧波荡漾的泳池里的一条自由穿梭的美人鱼，并且成了一家跆拳道馆里小有名气的高手……一位医生曾指着给她拍的 X 光照片，惊奇地喟叹：经过锻炼，她的双脚已变得异常敏捷，她的脚趾关节已像手指关节一样灵活自如。"

　　女孩的梦想还在不停地放飞着，她又走进了汽车驾驶学校。在教练员惊讶的关注中，她很快便掌握了驾车的各项技术，通过了近乎苛刻的各项考试，顺利地拿到了驾照，开始用双脚娴熟地驾车御风而行……

　　接下来，女孩要去圆自己心中埋藏已久的梦想了——她要亲自驾驶飞机拥抱苍穹。

　　曾经培养出许多飞行员的著名教练帕里什·特拉威克一看到亲自驾车来报名的女孩，就知道她一定会飞上蓝天的，就像一只矫健的雄鹰那样，不仅仅因为她那娴熟的驾车技术，还因为她目光中流露出的从容、淡定与果决。

　　果然，女孩在学习飞机驾驶的时候，丝毫不逊色于那些身体健全的飞行员。她一只脚操纵着控制板，另一只脚操纵着驾驶杆，滑行、拉起、升空……她冷静、沉着，每一个动作都十分准确、到位，比不少学员表现得都出色。教练帕里什·特拉威克后来回忆说："事实证明，她是一个优秀的飞行员，她驾驶飞机时非常冷静和稳定。一旦你和她在一起待上二十分钟，你甚至就会忘掉她没有双臂的事实。她向人们展示，人可以克服所有的限制，她真是太令人难以置信了。"

　　二十五岁的女孩如愿地拿到了轻型运动飞机的私人驾照，成为美国历史上第一个只用双脚驾驶飞机的合法飞行员，开创了飞行史的先例。女孩的名字叫作杰西卡·考克斯。

　　如今，杰西卡·考克斯已是美国家喻户晓的英雄，她靠双脚生活和奋斗的感人故事，给世人带来了巨大的心灵震撼和精神鼓舞。

在美国数百场的演讲中，杰西卡·考克斯说得最多的一句话是："你的梦想有多高，你就可能飞多高。"

没错，即使你生来就没有翅膀，但你依然可以高高地飞翔，因为你心中那永不跌落的梦想，会为你生出自由翱翔的双翅，会给你传递无穷的力量，会帮助你创造无法想象的奇迹。（深蓝）

污 泥 塘 里 也 能 起 飞 梦 想

梦想随处都可诞生，只要心中有所梦、脑里有所想，
哪怕你是身处恶臭无比的污泥塘中，
同样有一天可以起飞翱翔，化梦境为现实。

1920 年，他跟随四处游历的父亲到了美国纽约，暂住在一条偏僻狭窄的小街上。当时才十岁的他，天生调皮淘气，是人们眼中的"坏孩子"。他乐于整天带着一大批小屁孩儿在街道上到处搞破坏，愚弄邻居，顽劣到了极点。

为了惩罚他，父亲在征得邻居们的意见后，罚他和他的"同党"每天必须清理小街上的一条湖。说是湖，事实上不过是一个狭长的死水塘，里面满是多年来沉积下来的枯树死枝和人们随手丢进的杂物，是一个彻头彻尾的污泥塘。

他的任务就是每天负责将污泥塘里的杂物清理出来一些。这是一

项无聊、简单且令人厌倦的工作，因为清理出的东西大都因为长时间的浸泡而恶臭无比。"同党们"很快都厌倦地逃开了。

可是，他却一点儿也不厌倦，反而干得特别认真起劲。他觉得这项工作太奇妙了，能给他带来许多意料之外的收获。因为，有时他能从污泥塘里清理出一些稀奇古怪的东西，比如一个老铜镜、一个有些年代的罐子，甚至偶尔还能弄到几枚钱币。

也就是从这个时候起，他对水下的世界有了浓厚的兴趣，立志长大之后去"更大的湖"清理，甚至是海洋，他深信那里面肯定有更多的意料之外的东西。然而，他的这一志向却被邻居们看成是异想天开，一个白痴的白日梦。

但是，他却顽固地坚持着这个"异想天开"，背着家人，偷偷地考入了法国海洋学校。毕业后，二十二岁的他穿上潜水服，背上氧气瓶，租借了一艘名叫"圣女贞"号的帆船，踏上了环游世界的海上之旅。

这是他第一次真正潜入深海中，第一次发现海中有许多奇妙新奇的鱼类以及贝类、海藻等生物，当然，还有他儿时梦想的意料之外的东西——沉船残骸、瓷器碎片，还有就是虽沉睡千年但依然光彩夺目的黄金珠宝。

在随后的十几年里，他在水下找到了成千上万价值连城的沉船物、罐子、餐具、珠宝、枪支、珍稀文献、绝版艺术品……他将这些物品的一部分陈列在自己的私人海洋博物馆里，供所有的人参观。他成功了，声名鹊起。

1952 年，他发明了世界上第一部水下摄影机，并且弄出了一套水下电视拍摄装置系统，从而开始踏上拍摄水下电视片的旅程。由此，他为人类和科学打开了一扇通往海底世界的窗户。

他带领着自己的团队，乘坐一艘叫"卡里扑索"号的探索船，面向大海，先后跨越了大西洋、太平洋、印度洋以及地中海、极地冰川等许多人类之前从没到达过的水下之域，记录了那里梦幻般的水下精彩世界。

他先后拍摄了七十五部以海底为素材的电影、电视片，其中《寂静的世界》《海底世界》《海豚的声音》成为当时最热门的电影，在世界上一百多个国家播放。这些影片让全世界的观众大开眼界，惊叹不已。他终结了人类不了解海底世界的历史。近日，由他历经七年导演并拍摄的 3D 电影《海底探奇》正登陆全球影院，其唯美的画面丝毫不亚于之前受热捧的《阿凡达》。

不错，他就是海洋探险之父雅克·库斯多。至今，人类拍摄海洋世界、探索洋底秘密的所有活动，都建立在他先前开拓的基础之上。他发明的水下摄像系统以及撰写的潜水心理学等，在今天仍被广泛使用。

从污泥塘里起飞梦幻水世界，雅克·库斯多用自己的经历证明：梦想随处都可诞生，只要心中有所梦、脑里有所想，哪怕你是身处恶臭无比的污泥塘中，同样有一天可以起飞翱翔，化梦境为现实。（佚名）

终有一天，
你会破茧成蝶

　　我们都有一片属于自己的荒漠，我们既是金子，亦是种子。很多时候，我们成不了闪光的金子，但可以成为希望的种子。金子是被动等待的，或许永远与沙砾为伍；种子是积极主动的，它随时能够拱土而出，迎向风雨。

谁 都 可 以 耀 眼 发 光

一个喜欢遥望星空的皮货商，
因为兴趣和执着而看到了宇宙的深邃与无限，
拥有了辉煌无比的人生。
"谁都可以成为一颗耀眼的星辰，只要愿意并去努力。"

　　他出身寒微，窘迫的家境只勉强支撑他上了几年的学。十四岁那年，他便跟着父亲赶着骡队，常年跋涉于崇山峻岭间，辛苦地为别人运送各种货物，仅仅为了养家糊口。

　　漫长而孤寂的送货途中，他经常不由自主地仰望苍穹，那辽远天际的蔚蓝如此深邃迷人，那明亮温暖的阳光、那悠悠飘浮的白云、那变幻莫测的晚霞，都是他在白日里追随的醉人风景；那遥遥的银河、那轻柔如水的月光、那闪烁的繁星，则会在宁静的夜晚牵着他走进想象的天地。因为这些深情的仰望，使那些异常单调、辛苦的送货之行增加了许多乐趣。

20 世纪初的某一天，他疲惫不堪地将一批货物送到了洛杉矶附近的威尔逊山顶上，当他得知原以为不过是一些废铜烂铁的东西，组装后居然是世界上最大的望远镜时，他不禁惊奇地问了一句："它能够看到天堂吗？"工作人员笑着点点头，觉得他的问询充满了孩子般的稚气。

他由此不再做已有起色的皮货生意了，而是执拗地留在威尔逊天文台，心甘情愿地做一名擦地板、扫院子、看门的杂工。虽说报酬低廉，日子十分清苦，但他很知足，因为他可以忙里偷闲跑到那台特别的望远镜前，遥望一下肉眼看不到的更辽远、更神奇、更美妙的"心中的天堂"。

有天夜晚，值班的观测员突然生病，已对那台望远镜操作很熟悉的他被临时叫来顶替，而他出色的表现让在场的一位著名专家大加赞赏。不久，他就成了那位专家的助手，在专家的悉心指导下，他继续兴致勃勃地探寻"天堂"的秘密。

再后来，当著名的天文学家哈勃来到威尔逊天文台后，计划对宇宙深处进行研究。哈勃没有挑选那些出身名校的高才生，而是毅然地选择做事最认真的他做自己的助手。长年累月地追踪观测昏暗模糊的星云，需要足够的细心和耐心，需要忍受难以想象的辛苦，而他却饶有兴趣地做着这份单调难挨的工作，像一名科学家那样敬业。七年后，他协助哈勃推出了具有划时代意义的重大发现——哈勃定律。

从这之后，他并没有止步不前，而是一如既往地继续观测星云，继续探寻苍穹的奥秘，并与其他科学家一起借助新技术和新设备，对哈勃定律进行了改进。因在天文学方面做出一系列卓有成效的工作和不凡的业绩，此时的他已跻身于著名天文学家的行列，很少有人知道他曾是一名普通的赶骡队的皮货商。

他的名字叫赫马森，一个喜欢遥望星空的皮货商，因为兴趣和执着而看到了宇宙的深邃与无限，拥有了辉煌无比的人生。"谁都可以成为一颗耀眼的星辰，只要愿意并去努力。"一位传记作家如此感喟赫马森的生命历程。（阿健）

跌 倒 的 地 方 也 有 风 景

在人生的旅途上，有些意外的风雨是非常自然的，
只要你寻觅的眼睛没有被由挫折而来的伤感遮蔽，
继续认真地去寻找，相信你一定会找到通向成功的道路……

　　酷爱滑雪运动的吉尔·金蒙特在她十八岁时，便已经在许多大赛中崭露头角，作为全美最有潜质的滑雪运动员，她的名气在快速地提升着，《体育画报》的封面选用了她飒爽英姿的照片。这时，她刻苦地训练，全力以赴地备战，目标就是在1956年的奥运会上摘得金牌。

　　然而，重大的不幸却猝然地朝她袭来。1955年1月，在奥运会预选赛最后一轮比赛中，由于雪道太滑，她的一个小小的动作失误，让她没法控制住身体，顺着山坡，一个跟头接一个跟头地滚落下去。虽然生命保住了，但双肩以下全部瘫痪的身体，让她只能永远地停留在轮椅上了，再也不能重返赛场了。

　　抚摸着心爱的滑雪板，她不禁潸然泪下——奥运金牌的梦彻底破灭了。

　　短暂的彷徨过后，她开始克服常人难以想象的艰难，一边同痛苦的病魔斗争，一边开始先从用特制的汤勺进食、操纵轮椅开始学习生活自理，然后学习写字、打字，身体好一点儿了，又去加州大学洛杉矶分院选听有关课程。

　　她希望自己能当一名教师，但她的申请一再被谢绝，因为她无法上下楼走进教室。

　　吉尔·金蒙特并没有因此放弃做一名大学教师的努力，她继续做着各项准备工作，不断地向自己认为有希望的大学提交申请。直到1963年，她终于被华盛顿大学教育学院聘用，请她教授阅读课。很快，她便以出色的教学赢得了学生们的尊敬和爱戴，成为一名优秀的教师。

　　后来，她还应聘到加利福尼亚州的一些大学。随着时光的流逝，她在教学方面赢得的荣誉已经超过当年在滑雪场上所获得的，虽然她没有拿到心中憧憬的奥运金牌，却赢得了远远胜过金杯银杯的"口碑"。

　　吉尔·金蒙特的故事，再次告诉我们一个朴素的真理——跌倒的地方也有风景。在人生的旅途上，有些意外的风雨是非常自然的，只要你寻觅的眼睛没有被由挫折而来的伤感遮蔽，继续认真地去寻找，相信你一定会找到通向成功的道路……（崔修建）

只 是 断 了 一 根 琴 弦

失败并不可怕，可怕的是拒绝接受它、面对它的机会，
以良好的心态、正确的方式攀越失败，才是明智的选择。
人生的道路充满了坎坷与荆棘，有时会遇到挫折、困难，我们不必悲伤，
这样的事情人人都会遇到，上帝对我们是公平的，没有偏袒谁，也没有对谁不公。
我们应该乐观对待，相信一切都会变好的。

在巴黎举办的一场大型音乐会上，人们正如痴如醉地倾听著名的小提琴家欧尔·布里美妙绝伦的演奏。突然，正全神贯注的布里心一颤——它发现小提琴的一根弦断了。但迟疑没有超过两秒，他便像什么事情都没有发生似的，继续面带微笑地一曲接一曲地演奏。观众们和布里一起沉浸在那些优美的旋律当中，整场音乐会非常成功。

终场时，欧尔·布里兴奋地高高举起小提琴谢幕，那根断掉的琴弦在半空中很醒目地飘荡着。全场观众惊讶而钦佩地报以更加热烈的掌声，向这位处变不惊、技艺高超的音乐家致以深深的敬意。

面对记者的"何以能够保持如此镇定"的提问，欧尔·布里一脸

轻松道："其实那也没什么，只不过是断了一根琴弦，我还可以用剩下的琴弦继续演奏啊！这就像我们熟悉的许多遭受不幸的人生，依然可以是美丽无憾的。"

布里睿智的回答与他出色的表演一样精彩——"只不过是断了一根琴弦"，向世人传递的是从容，是乐观，是洒脱，是心头不肯失落的信念，是命运在握的强者充满自信的宣言，是坦然前行的智者面对岁月中那些风雷电雨自豪的回应。

没错，在我们每个人的生命旅途中，类似断弦的事情经常会发生，但只要那人沉着、冷静，从容地面对突然的变故，他的心绪不被断掉的琴弦缠绕，而是把更多的目光投向手中的琴，依然满怀热情地去演奏，他就可以继续演奏出美妙无比的乐章。

失聪的贝多芬、又盲又聋的海伦·凯勒、被"幽禁"在轮椅上的史铁生等等，许许多多被上帝无意间弄断了"琴弦"的古今中外的强者，都没有被突如其来的断弦所困扰，而是更加珍惜命运赐予的一次次演奏机会，用坚强和执着赢得了无愧于生命的热烈掌声。

当然，在现实生活中，也有不少人因过于看重那些所谓的挫折和失败，总是难以摆脱那些不幸的阴影。在这些人眼中，似乎一根琴弦断了，人生便再不可能有动人的旋律了。于是，他们在怨天尤人中一天天地黯淡了本该是光彩亮丽的生命。

其实，很多的时候，人们只不过是打碎了一个鸡蛋，并没有失去整个养鸡场。毫无理由地肆意夸大自己的那一点点不幸，就像盯住了白纸上的一个墨点，让自己看不到前面的目标，忘却了脚下的道路，削减了继续前行的热情和勇气。

遭遇不如意是人生中再正常不过的事情了，数不清的意料之中和意料之外的失败，随时都可能降临到每个人头上，但那很多时候，都"只不过是断了一根琴弦"，无须慌乱，更无须过多地悲观和伤感。

我们手里毕竟还握着另外一些琴弦，况且我们还有修复断弦的机会。只要愿意，只要肯努力，我们依然可以也完全能够继续演奏出心中期待的旋律。就像那位哲人的忠告——"上帝向你关上了门，但会向你开启另一扇窗。"没有谁能真正地打败你，除非你自己倒下了。（陌上花开）

把 脚 印 留 在 白 云 上

在任何环境中都不能放弃自己的信念，
一定要保持勇敢的精神，
因为勇气可以让你征服一切、拥有一切！

　　阿里·诺克出生在瑞士布里恩兹市的一座山区小镇上，他小时候特别胆小，从不敢爬高，甚至连二楼也不愿意上去，为此，他的爸爸只能把卧室搬到了一楼。

　　在学校里，同学们都爬上爬下地玩，可是诺克却只能待在教室里，或者在平地上跑动几下。有一次在放学路上，诺克的好几个同学都爬上了一块高高的大岩石上，只有诺克不敢爬，同学们都嘲笑诺克是一个"胆小的小虫子"，诺克伤心极了。回到家后，他忍不住问父亲："为什么别的同学都敢爬到大岩石上去，但是我却不行？"

　　父亲笑着说："其实他们并不比你能干，只是他们比你更有勇气！"

"我仅仅是缺少了勇气吗？"诺克用期望的眼睛看着父亲问。

"是的，孩子，你只是缺少了勇气，如果你拥有勇气，你可以和他们一样优秀，甚至比他们更优秀！"父亲肯定地说。

诺克听了父亲的话后，似乎看到了某种希望，他走到家门口，那里也有一块两米来高的大岩石，平时，诺克从来不敢爬上去，但这一次，他想要用勇气去征服它！诺克战战兢兢地爬着，好几次他都因为恐惧而打算放弃，但是他想起了父亲的话，其实那并不危险，只是自己缺乏勇气。诺克在心里告诉自己：只要我拥有足够的勇气，就一定能够征服这块石头，把恐惧踩在脚下！

诺克手脚并用，用了十分钟时间，终于爬上了那块只有两米来高的大石头，当他站在大岩石顶上的那一刻，他相信了，勇气果然可以征服一切！

从那以后，无论是在生活还是学习中，诺克都努力记住"勇气"这两个字，受到了挫折，他不气馁；挨了批评，他不哭泣；特别是对于高的恐惧更是日益淡然。他在征服了家门口的那块大岩石之后，还接着征服了自家的院墙。他的父亲在房顶添新瓦时，他甚至还尾随着爬上了房顶。在房顶上，诺克感觉自己像是一只小鸟，正在空中展翅翱翔！

　　诺克被这种美妙的感觉所陶醉，他决定向自己发起更大的挑战。在随后的几年时间里，诺克登遍了附近的一些大山，到了中学毕业的时候，他已经成为当地有名的登山小运动员。诺克并没有因此而满足，有一次，他无意中看到一个杂技团里的走钢丝表演，心中不禁一阵激动，于是决定要向此迈进。

　　从此，他不断地练习走钢丝。起先，诺克把钢丝安装在一米多高的位置，拿着一根平衡棍在上面走，开始他走不了几步就会摔落下来，扭伤了脚也不肯罢休。时间一长，诺克终于渐渐掌握了更多的技巧，走钢丝的技术越来越好。三年之后，他可以轻松地在钢丝上来回走动数个小时。

　　到这时，诺克想到了把"钢丝"和"高度"结合起来挑战自己。他让人在布里恩兹市西郊格德山的两座高达三百多米的小峰之间拉上了钢丝，一切准备就绪后，诺克跳了上去。虽然他习惯了走钢丝，但是在数百米高的钢丝上行走，他还是免不了有些紧张，但是他很快想到了小时候曾对自己说过的话：只要拥有足够的勇气，就一定能够征服一切！

　　渐渐地，诺克的心情恢复了平静，走在钢丝上的脚步也更稳了，在三百米高的钢丝上，他感觉自己就是一只展着双翅飞翔在天空中的大鸟，二十五分钟之后，诺克顺利走到了对面的山峰，获得了一片赞许声。

在之后的多年里，诺克坚持不懈地练习和表演，并频频发起自我挑战。仅于 2011 年一年当中，诺克就在不设任何保险措施的前提下，先后在德国、奥地利与瑞士境内的数座海拔三千多米的高山缆车缆索上完成表演，被国际媒体誉为"把脚印留到白云上的人"。特别值得一说的是，诺克把这些表演的收入全数捐给了慈善机构。

对于自己的这个选择，诺克是这样解释的："我想告诉那些贫困或者遇到灾难的人们，在任何环境中都不能放弃自己的信念，一定要保持勇敢的精神，因为勇气可以让你征服一切、拥有一切！"（锄诗）

生 命 中 的 石 头

苦难是人生路上参差不齐的石块，
因了它们，生命才显得山重水复、柳暗花明。
苦难早晚会是你生命中一笔珍贵的财富。

十三岁那年，他辍学了，才读到初一，家里便再没有能力供他继续上学。辍学之后，他开始和农活为伴。家里实在缺钱的时候，他就帮人家打短工。因为营养不良，十三岁的他还十分瘦小，有许多次，他眼冒金星，累倒在田头。

第二年，他们举家到了香港。到香港后，生活同样困顿，因为没钱，他们一家只能住在贫民窟。那时，他就在心里暗暗发誓，一定要找份工作，让一家人脱离这片苦海。

后来，他在一个建筑工地找到份糊口的差事。因为他个子矮小，所以老板不愿意给他干重活，只让他做些细枝末节的碎活，然后给他些小钱。在楼房完工后，他就没活可干了。

　　不久，工地里就住进来一支装潢队。只见过砖头和水泥的他顿时对那些铺地板、刷墙的新鲜活来了兴趣。于是，他一有空就到工地里看工人们装潢。有时看得入神了，还指指画画一番。

　　包工头见他这么有兴趣，就对他说："要不你明天来我这儿上班吧，一个月给你四百元。"听了这话，他不禁高兴得大叫起来。第二天，他就来上班了。每一道工序他都争取做到最好。房子装潢好的那天，老板又特意多给了他一百元钱。他拿着这笔钱，给父母租了一间不错的房子。但是，他又面临失业了。

　　过了一段时间，他去了一家餐馆，负责端盘子。有一天，一位顾客来吃饭，没想到竟吃到了一条虫子。顾客顿时火冒三丈，连声说要把这店砸了。老板好说歹说，终于把这位顾客劝走。客人走了之后，老板把怒气撒向了他："怎么检查的盘子，有虫都看不出来？吃了它！"他怒目圆睁，一气之下炒了老板的鱿鱼。

　　后来，他在一家理发店找到了工作。一次偶然的机会，他听到一位顾客说，下午要去参加香港无线电视台舞蹈艺员的考试。他顿时来劲了，要知道，他从小就喜欢舞蹈。第二天，他偷偷跑到无线电视台，参加了考试。没想到评委一下子就被他灵活的动作和酷酷的长相所吸引，当即签了约。无线电视台的学员，每个月可以拿到七百港币的报酬，这对他来说，无疑是一大笔收入。

有了这样的机会，他自然是倍加珍惜，不仅培训的时候格外努力，并且培训结束之后，他也常常一个人跑到舞蹈房练习。

两个月结束后，他开始登台演出了，做了当红歌手谭咏麟的伴舞。谭咏麟被他的努力和舞技所感动，特意把他推荐给梅艳芳、陈百强、张国荣和林忆莲等巨星伴舞。

他的人生路开始有了光亮。1994 年，香港一位导演在拍摄电影《晚九朝五》的时候，让他在电影里出演了二号人物。真正让他走上星途的，还是 1995 年由文隽编剧及监制的《古惑仔》。戏里，他虽然不是主角，但是饰演的"山鸡"却比"陈浩南"更真实、更具有人性的种种弱点。这都归功于之前的生活给了他丰富的经历和情感体验。

这部风靡大陆港台的戏让他大红大紫，他就是陈小春。1997 年，他一口气接拍了《我爱厨房》《古惑仔》《基佬四十》《神偷谍影》和《爱上百分之百英雄》等电影，让他名声大噪。

苦难是人生路上参差不齐的石块，因了它们，生命才显得山重水复、柳暗花明。苦难早晚会是你生命中一笔珍贵的财富。（范泽木）

别 把 挫 折 当 失 败

不能轻易说放弃，更不能把挫折当成失败。
面对挫折，只要你不认输、不放弃、付出更多的努力，
那么你就一定能改变命运！

　　小玛丽是一位在波兰华沙小学读书的女孩。这天，她沮丧极了，
因为她在下午的考试中只得了两个蓝色的"C"，这是她从未有过的
坏成绩。

　　小玛丽在放学回家的路上走走停停，她觉得自己无法拿着这种坏
成绩去面对父母，她甚至觉得自己并不像父母所夸她的那样聪明。不
仅如此，她还对学习产生了一种深深的恐惧感，完全没了原来的那
种信心和兴趣。

　　小玛丽对自己失望透顶，她慢慢地走着，走着。在经过一座公园
的时候，她看见一位老人正蹲在草地上，像是在观察着什么。玛丽好

奇地凑过去一看，发现地上有一块面包屑，一只蚂蚁正绕着它走来走去，试图把它拉走。

"你在观察蚂蚁？你是科学家吗？"小玛丽问。

"不！我只是在看它如何渡过这个难关。"老人回答。

原来，这是一只遇到险阻的蚂蚁，它刚开始是高高地举着这块面包屑赶路的，但因为蚂蚁看不见前面的路，所以，这块面包屑扎在了一根长长的藤刺上，就再也无法举着它接着走了。

那只蚂蚁围着面包屑不断地转着圈，从这边推推，又从那边拉拉，但是，它都无法使面包屑从刺上掉落下来。

"或许，它应该放弃。"小玛丽说。

"但很显然，它并不想就此认输。"老人一边观察着一边说。正在这时，那只蚂蚁似乎发现了问题所在，它爬到刺的一方，顺着刺的方向，使劲往面包屑上一顶，那块面包屑终于掉落了下来。蚂蚁再次高举起自己的战利品，继续赶路了。

那位老人站起来，对小玛丽说："不能轻易说放弃，更不能把挫折当成失败。面对挫折，只要你不认输、不放弃、付出更多的努力，那么你就一定能改变命运。"

　　小玛丽看着慢慢远去的蚂蚁，再细细咀嚼老人的话，她想到了自己：一只蚂蚁都能够正视挫折，勇敢地克服困难，并最终取得了胜利，而自己又有什么理由因为一次考试成绩不好，就胆怯退缩呢?

　　小玛丽当即用最快的速度回到家里，坦诚地把这次成绩告诉了父母。从那以后，小玛丽更加努力地投入到学习当中。

　　多年后，玛丽成为一名科学家，研究放射性现象。在一次又一次的挫折中，玛丽都用那只蚂蚁的精神来鼓励自己，她甚至常常这样告诫自己："挫折，只是一块扎在刺上的面包屑。"最终，她发现了镭和钋，两度获得了诺贝尔奖。

　　到这时，或许你已经知道这位小玛丽究竟是谁了。没错，她的全名是玛丽·居里，世界上最伟大的科学家之一——居里夫人。（称亦权）

公 平 的 阳 光

上帝给每个人发牌，
有些人拿到了好牌，沾沾自喜，得意忘形之中，
很有可能因为疏忽而输掉牌局；
有些人拿到坏牌，却认真地去打每一张牌，就会有赢牌的可能。

　　每个人都有那样的日子吧：前途黯淡，心灰意冷，每天怨天尤人，将自己封闭在黑暗潮湿的角落里，不肯向那有光亮的地方回眸，任凭一颗心生满苔藓。

　　我便是那其中之一。直到有一天，在一个西瓜摊前听到一对父女的谈话，心上的苔藓才开始慢慢地剥落。

　　吃西瓜的女儿问父亲一个很值得深思的问题："为什么有的西瓜甜，有的西瓜不甜呢?"

　　那父亲回答："甜的西瓜是因为被阳光照射的时间长。"

　　"那地里的西瓜不是都在接受阳光的照射吗?"

"是啊，阳光是公平的，它一视同仁地照射着那些西瓜，可是有
的西瓜怕热，自愿躲在阴影里，不肯接受阳光的照射，所以它们就是
不甜的。"

我很佩服这位父亲，能教育孩子于无形之中，并且他的话令我有
一种醍醐灌顶的感觉。

"那我用现在这个不甜的西瓜的籽，明年种上，它还会甜吗?"
女儿接着问。

"当然，上帝给每粒种子的机会都是平等的，是成为成熟的西瓜
还是生瓜蛋子，就看你后天的努力了。"父亲回答。在他看来，西瓜
也是有心的，有的心是坚强的，有的心是懦弱的。

上帝赐予一粒沙子，人们弃之不理，贝壳却把它变成一颗珍珠。
同样的，上帝给每个人发牌，有些人拿到了好牌，沾沾自喜，得意忘
形之中，很有可能因为疏忽而输掉牌局；有些人拿到坏牌，却认真地
去打每一张牌，就会有赢牌的可能。不论什么时候，都要有一颗向上
的心! 很多时候，你屈居阴暗的谷底，那是你放弃了攀登，凭什么指
责阳光不肯普照呢? （朱成玉）

没 有 卑 微 的 工 作

人生总是充满了意外，
你永远不知道，下一秒钟将会发生什么。
没有一项工作是卑微的，眼下极不起眼的一小步，
兴许就是通往巅峰的起点。

　　米勒的演员梦，源于小时候的一次演出。他读幼儿园的时候，学校要举行一年一度的恐龙表演。要求每个人自己动手制作道具。父亲和米勒一起动手，足足花了三个星期的时间，做出了一件精美的道具，非常逼真的霸王龙，有漂亮的大眼睛和锋利的长牙。

　　演出那天，米勒成了全场最耀眼的明星，因为其他小朋友扮演的恐龙，都是随便找个纸袋套在头上。在潮水般的掌声中，这个小男孩忽然找到了一种奇妙的感觉。从那一刻起，他决定长大后要当演员。

　　大学毕业后，米勒去好莱坞寻梦，加入了福克斯公司。起初，他

满怀期待，以为这里就是梦想启航的地方。但是没多久，残酷的现实就给了他当头一棒，在明星大腕云集的好莱坞，像他这样的新人遍地都是，他甚至连出镜的机会都没有。

米勒在公司身兼数职，一天到晚忙得不可开交，接电话、复印、传真、给大腕买零食、帮老板买午餐……除了演戏，他几乎什么事情都干过，跑腿打杂样样有份。他每天只有一项稳定的工作——遛狗。有些明星会带着宠物狗来上班，主人忙的时候，往往没有时间照看爱犬，于是他就有了用武之地，牵着狗出去散步。这项工作虽然有点儿滑稽，却并不轻松。有时狗会生病拉肚子，他必须给狗戴上纸尿片，确保不能让狗弄脏豪华地毯。

现实离梦想很远，但是米勒并没有抱怨，既然拿了薪水就要干活。他依旧尽心尽责，踏踏实实，每件小事都当成大事办，力求完美。渐渐地，他在公司获得了超好的人缘，大家都对这个勤恳的年轻人心生好感。别人也愿意放心地把狗交给他。他从未放弃过梦想，只是在耐心地等待机会。

几年后，米勒终于迎来了一次重大机会，在一部电影中出演一名拳击手。为了演好这个角色，他做了最充分的准备，并参加了六个月的拳击训练。功夫不负有心人，他的表演很成功，获得了一致认可。

这是一部大制作，有妮可·基德曼等大牌影星加盟，而且在许多电影节上获奖。对于新人而言，这简直是梦幻般的开局，能为他带来足够的人气和知名度。米勒踌躇满志、信心百倍，似乎看见成功的大门正徐徐开启。

出乎意料的是，这部大制作并未给他带来半点儿机会。此后两年内，他没有接到任何片约，主要工作依然是遛狗。满怀期待，结果空欢喜一场，命运跟他开了个不大不小的玩笑。

漫长的等待之后，终于又有人找米勒拍电影了。不过这次是小制作，名副其实的小制作，只有十分钟长的小电影。小就小点儿吧，好歹也是电影。可是看完剧本之后，米勒不禁大失所望。导演想让他演囚犯，因为感情问题，他还要从监狱中逃出来。米勒觉得这个角色不适合自己，而且他也不愿意演囚犯，怕自毁形象，但是思前想后，他还是勉强答应了。因为他只有两个选择：要么演囚犯，要么继续遛狗。

就像米勒事先预料的那样，这部只有十分钟的小电影，根本不会产生任何影响。不料一个月之后，福克斯公司忽然通知米勒去试镜。这是一部即将开拍的电视剧，剧中的男主角也是一名囚犯。讲的也是如何逃出监狱的故事。因为米勒刚刚演过囚犯，演得还不错，所以剧组想到了他。既然是试镜，肯定会有许多候选人参加，米勒只不过是其中之一。经历了上次的失落，他的心态已经平稳了许多，并未抱太大希望。

在摄影棚试镜时，屋子里满满地坐了好几十个人，黑压压一大片，个个表情严肃，男主角的人选将由这些人决定。米勒作为新人去试镜，面对那么多挑剔的目光，心里却一点儿也不紧张，发挥自如。虽然他们都是公司高层或者明星大腕，但是在米勒眼里，既不神秘也不陌生，就像老朋友见面那么自然。因为在这些人当中，有叫他接过传真的，有经常叫他帮忙买零食的，当然还有不少人的爱犬早就跟米勒建立了深厚的友谊。实力、运气、人缘，在这一刻，米勒统统具备了，结果可想而知。

这部美国电视剧叫《越狱》，他就是风靡全球的"米帅"，温特沃什·米勒，在剧中饰演男主角迈克。人生总是充满了意外，你永远不知道下一秒钟将会发生什么。没有一项工作是卑微的，眼下极不起眼的一小步，兴许就是通往巅峰的起点。（姜钦峰）

告 诉 自 己： 我 行

你自己愿意躺下，没有任何人能够扶你起来。
很多时候，成功的定义就是这么简单。
不管别人如何轻视和敌对你，
只要你勇于对自己说："我行!"相信自己，并且敢作敢闯，
这世界上就没有做不成的事情。

　　一个小男孩，从小就长相丑陋，脸上坑坑洼洼，并且声音嘶哑，
讲话结结巴巴，反应也总是比别人慢上半拍。为此，他常常遭到小伙
伴们的讥讽和嘲笑。

　　他出生在一个贫穷的家庭，父亲是个鞋匠，一日三餐只能勉强
充饥。他九岁丧母，仅受过十八个月的非正规教育。相对于同龄的
小朋友，他很不幸。但幸运的是，继母却对他视如己出。有时，
即使是一道简单的验算题，他也要做上半个小时；一件再容易不
过的小事，总是被他搞得一团糟。继母从没有责备过他，相反，
却鼓励他："任何时候，不要在乎别人怎么看你，你只要对自己
说：'我行!'"

长大后，为了谋生，他当过俄亥俄河上的摆渡工、种植园的工人、石匠、店员和木工，曾十一次遭到雇主辞退。

1831 年，他自己开始创业，但由于资金不足，无法运转，公司仅仅惨淡经营了两年，就宣告失败。

1833 年，他再次向朋友借钱经商，但不到年底就破产了。接下来，他花了整整十六年时间，才把欠下的债务还清。

1836 年，他通过自身努力，成为了一名律师。在这期间，他更加深入了解到美国底层社会民众的悲惨生活。他意识到，要想拯救民众于水深火热中，必须通过政治手段来解决。从此，他决定涉足政界。在接下来的近二十年时间，他曾屡次竞选州议员、国会议员，但最终八次竞选，八次落败。

1856 年，在共和党的全国代表大会上争取副总统的提名，他的得票还不足一百张，再一次惨遭挫败。

即便如此，他从没有退缩，他牢牢记住了继母的话："在任何恶劣的环境下，都告诉自己：'我行！'"

在一次总统竞选中，有记者问了这样一个近乎刁钻的问题："假如现在由你们两个人自己来投票决定总统的人选，你会把这关键的一票投给谁?"竞争对手耸了耸肩，很平静地回答："我拒绝回答这个问题，谁能当选总统，这应该由伟大的民众来决定。"而他却勇敢地向前迈进了一大步，大声说："我会把这一票投给自己，因为只有我，才最适合做你们的领导人。"全场顿时响起了一片雷鸣般的掌声。

是的，他就是亚伯拉罕·林肯，美国第十六任总统。三十年前，他是一个任何人都瞧不起的穷小子；三十年后，他成了美国历史上最伟大的总统。

即使成为总统，林肯的长相也常被政客攻击，认为其貌不扬，有伤国体。在其逝世后，科学家对其两侧脸部的石膏像进行镭射扫描，证实了其有半边小脸症的病状。而据林肯的警卫回忆：当林肯左眼向上漂移的时候，右眼竟完全不动。种种迹象充分表明，林肯患有天花和小儿麻痹症。但就是这样一个近乎先天残疾的人，却领导了拯救联邦和结束奴隶制度的伟大斗争，使美国人民从此摆脱奴役、走向了自由。

托尔斯泰说过，你自己愿意躺下，没有任何人能够扶你起来。很多时候，成功的定义就是这么简单。不管别人如何轻视和敌对你，只要你勇于对自己说："我行!"相信自己，并且敢作敢闯，这世界上就没有做不成的事情。（方益松）

不 能 跳 舞 就 弹 琴 吧

不能跳舞就弹琴吧，不能弹琴就歌唱吧，不能歌唱就倾听吧，
让心在热爱中欢快地跳跃，心跳停止了，
就让灵魂在天地间继续舞蹈吧！

19 世纪的一个夏天，在英国小城达勒姆的一个庭院中，露丝的
家庭舞会正在热烈地进行着。这一天是露丝二十八岁生日，盛装的她
在舞会中光彩照人，她的脸上洋溢着幸福的笑容，优美的舞姿赢得众
人的一片赞叹。

正当人们沉浸在这温馨的氛围中时，意外却突然发生了。露丝在
做一个高难度的旋转动作时，　下了摔倒在地上。舞曲戛然而止，露
丝挣扎着想爬起来，却终究没有成功。在医院里，医生经过紧急会诊
后，向露丝及她的亲友宣告了这样一个不幸的消息：她患上了一种极
罕见的神经系统疾病，她全身的神经将会慢慢地丧失功能，而药物只

能延缓病情发展的速度。

那一刻，人们都惊呆了，包括露丝自己。她知道，自己将再也无法站起来，再也不能跳出优美的舞姿，而且最终将会瘫痪，直到有一天心脏也停止跳动。是的，这一切真是太残酷了。她是小城舞蹈学校最出色的教师。她热爱跳舞，喜欢舞会上那种激情四射的感觉。每一年她过生日时都要举办家庭舞会，而这一次，却成了她生命中最后的表演。在人们的痛惜与祝福中，她在家里开始了漫长的休养。

有很长一段日子，露丝坐在空荡荡的院子里，看着墙角的花儿在微风中轻轻地摇动，心底一遍又一遍地回想着每一年过生日时庭院中舞会的盛况。转眼一年过去了，人们以为露丝再也不会像往年那样举办舞会，可就在前一天他们照样都接到露丝的邀请，让他们穿上华美的衣服、带着最精彩的舞姿前来。

露丝在钢琴后面笑着对大家说："虽然我不能跳舞了，可我还可以为你们弹琴，能欣赏你们的舞姿我同样开心快乐！你们尽情地跳吧，要对得起我的琴声哦！"优美的音乐如清澈的河水从她的指间流出，人们在感动中陶醉了。这是一场令人难忘的舞会，露丝纤巧的十指在黑白键盘上灵活地跳跃，就如她当年优美的舞姿。

就在这一年，露丝病情恶化，除了头部，全身都不能动了。听到这个消息，人们都很难过，知道她那美妙的琴声也已成为绝响。而露丝在三十岁生日的舞会上，却第一次向人们展示了她的歌喉，正如她所说，不能弹琴就为大家唱歌吧！这一年的舞会，来的客人要比往年都多，大家都想听听她的歌声，给她最美好的祝愿。

在那次舞会的四个月后，露丝也失去了她的声音。人们都沉默了，不知道失去歌声的露丝将怎样面对生活。可是在她三十一岁生日的前夕，人们照常收到了她的邀请。那一天，来的人极多，院子满了，院墙外也挤满了，都是小城善良的人们，他们来为露丝祝福。音乐依然，舞蹈依然，露丝卧在一张躺椅上，只有眼睛还能艰难地眨，只有心还能激情地跳。人们在她的眼神中看到了微笑，看到了温暖，看到了一种蕴含的对生活的热爱。

露丝最终没能跨过三十一岁的门槛。出殡那天，小城里认识她和不认识她的人都来送行，陪这个美丽的女子走完最后的一段路。在她的墓碑上，刻着这样一段话："不能跳舞就弹琴吧，不能弹琴就歌唱吧，不能歌唱就倾听吧，让心在热爱中欢快地跳跃，心跳停止了，就让灵魂在天地间继续舞蹈吧！"

据说，这是英国人最喜欢的墓志铭。（包利民）

做 自 己 的 上 帝

因为一个人的命运是在自己手上的，
不是在别的"上帝"那里。
只有自己才是自己的上帝。

　　世上有太多所谓的思想家愿意做别人的"上帝"。他们乐意做的
事就是设置别人的生活，强加自己的理想，实施各类计划，监督各个
步骤的运行，最终效果如何？

　　有一个快乐的女孩，很喜欢表现自己，她天生一副好嗓子，于是
最爱做的事，就是唱歌给别人听。但当流行小调从女儿的口中唱出
的时候，她的父亲就皱着眉头，觉得应该培养女儿的高雅爱好了。
考虑良久之后，他决定让女儿学习油画。女儿娴静地坐在画布前，
几丝从窗户中洒落的夕阳余晖照亮了她的头发，成为他心中定格的
永恒的美。

　　为了培养女儿的油画功底，他不但为女儿邀约名师，而且还买来萨贺芬·路易斯、文森特·威廉·梵高等画家的画册让她临摹，希望她的画技一日千里，希望自己想象的画面终成现实。

　　此后，每每女儿练习之际，他便悠然地靠在躺椅上，一边监督她要怎么画，一边引导她将来要报考美术学院。因为他太热爱艺术了，自己年轻时的画家梦因某种原因没能实现，于是就把希望寄托在女儿身上。父亲欣赏着女儿在自己的引导下学画，可女儿却如坐针毡，觉得父亲的决定太自私，又觉得为自己的前途铺路是父亲对自己的爱，反抗不得。于是便一天天变得沉默了，她感觉自己如同经历了牢狱之灾。

　　这个女孩还是比较幸运的，因为不久父亲就从自己的想象中醒过来，其实是她自己唤醒了父亲。高二那年，她勇敢地对父亲说："老爸，请原谅我，我有了自己的选择，我不能生活在您为我设置的生活里。因为经过这两年多的油画学习，我发现自己并没有这方面的天赋，我的每一幅习作都让我感到不愉快，我甚至连看它们一眼的心情也没有了，最重要的是我对油画从未产生过兴趣。"

　　虽然父亲为女儿放弃油画而惋惜，但女儿的坚毅目光却更让他欣慰。结果，她没有成为油画家，但对音乐的热爱使她成了舞台上一名快乐的歌者。

在我们的生活中，许多时候我们都无法挣脱"上帝"的指引或命令，即使沿着那样一条被上帝命名的路走下去说不清对与错。可你始终做的不是自己，永远不是自己，这是人的一生难以弥补的美丽。因此，许多人一生都在努力寻找自己，却无法找回自己。

更有一些人，是从来就没有想过做自己。他们习惯了听别人的指令做事，他们愿意别人为自己做决定。当失败、受挫时，就能理所当然地把责任推到那个主宰自己观点的人身上。比起心有不甘被别人主宰的人来说，这种人更令人同情，因为，他们放弃了自己最大的权利，把自己的命运交给他人管理。事实是，谁比自己更了解自己？

有时候，看着背着书包匆匆而去的学子，我心里也疑惑着他们是在父母的叮嘱下亦步亦趋，还是有着自己的打算摸索前进。那些高三学子为自己的未来拼搏，我不知道未来对于他们来说，是在父母的手里，还是在他们的心里。但我希望，即使没有百分之百的信心，也要坚持做自己。因为一个人的命运是在自己手上的，不是在别的"上帝"那里。只有自己才是自己的上帝。

自己的青春自己做主，永远做自己的上帝，即使这次失败，也是下一次成功的经验。（凌仕江）

春 天 没 有 埋 葬 你 的 理 由

谁曾想到，把梦想满满地装进口袋，
最终所有的理想都有可能提前丢掉你。
又有谁曾想到，只坚持一个梦想，可能开出一条花径呢！

　　杜鹃开了，燕子归来，季节号的地铁在银装素裹里迎来了马年的春天。换上新日历，又开启了奋斗征程里美丽的一页。清晨，邮筒里一封来自南方的信笺，给原本因为雪的到来而欢呼雀跃的心，平添了几分惊喜。熟悉的字体，即便不看书信的署名，我也一眼能猜到它的出处。

　　那一年的冬末春初，我在西藏的小木屋里，收到了女孩的第一封来信。一起收到的还有近百封来自全国各地热心读者的书信。创作的忙碌使得我难有精力一一回复，但当读到女孩的信时，我却无法淡漠这位花季女孩的焦虑与无奈。

　　女孩说她为了实现上大学的梦想，年迈的父母不惜变卖一些值钱的家当，来铺平她参加艺术生考试的道路；为了增加被理想中大学录取的机会，除了艺术生考试，她还报名了艺术特长生和自主选拔录取等所有能参加的考试。然而，四处奔波"赶考"的重重压力、对家庭的愧疚和对前途的迷茫让她窒息，原本对梦想的执着却成了她最终选择放弃的诱因。

　　我连夜写了一封简短的回信，在第二天的清晨，踏着白皑皑的大雪寄了出去。信里，我对女孩说：史铁生在他二十岁那年，双腿突然残废，他的所有对未来的期盼被命运无情地夺去。然而，放下心中的种种不甘和不平，将人生当成纯粹奋斗与战胜自我的旅程，史铁生写出了感动人心的一篇篇文章。

　　所以，当你感觉春天为他人送去了希望却带给了你失望的时候，不要以为只有万紫千红才能赢得春天的奖赏，哪怕只是纯粹的一丝白、一点绿，也会让你收获春天的绽放。

　　"坚守自己纯粹的色彩，也不会被春天埋藏。"女孩在后来的来信中说，这句话给她很大的鼓舞。她终于明白要想攀登高峰，就必须抛弃太多的杂念，学会做减法。第二年，她又走上了考场，只是这次的她，不再当空中飞人，踏实地选定了一所与自己实力相当的学校。

直到有一天夜里，她兴奋地在电话里告诉我，她被花城的一所大学录取了。我被她成功的喜悦深深感染，原来春天的故事让生活变得如此美好。

这一次的来信，她又带给我一个惊喜：她已经保送上了研究生。如今透过她那隽秀的字体和淘气的表情符号，可以肯定她早不是几年前那个忧郁的女孩了，我甚至能想象即便容貌不漂亮的她，爽朗的笑声都可以化作一朵朵飘逸的白云，带给整片阴沉的天空一片晴朗。只是有谁能想到，几年前的她，在四处盲目"赶考"的重压下，差一点儿被埋藏在春天里呢？

谁曾想到，把梦想满满地装进口袋，最终所有的理想都有可能提前丢掉你。又有谁曾想到，只坚持一个梦想，可能开出一条花径呢！（凌仕江）

卷 四

你若盛开，清风自来

生命不能害羞，害羞成不了气候。许多时候对于一个人，尤其是一个涉世之初的年轻人来说，能否撞碎那块阻挡自己上到天花板的决定因素，并非取决于他的力气，而是取决于他的勇气。

蜻 蜓 也 能 飞 越 沧 海

其实弱者成功也并非偶然，
他们的秘密就是善于借助外力。
借天时，借地利，借人和，
心存一种善于借助外力为我所用的思维，想不成功都难。

　　每年 10 月，南亚岛国马尔代夫都会迎来数百万只蜻蜓，如同一
场盛大的蜻蜓聚会。几天以后，这些蜻蜓便会神秘消失。没有人知
道，蜻蜓聚会是从哪一年开始的；也没有人知道，它们从哪里来，最
终会飞到哪里去。

　　蜻蜓的生存离不开淡水，在构成马尔代夫群岛的一千二百个岛屿
上，到处都是珊瑚礁，几乎没有表层淡水。如此数量巨大的蜻蜓竟然
出现在没有淡水的海岛，这一奇异的生命现象引起了生物学家安德森
的关注。

　　从 1996 年开始，安德森开始追寻这些蜻蜓的踪迹。结果，他发

现了一个明显的从北到南的连续到达日期。每年 10 月初，它们最先
出现在印度南部；半个月后出现在马尔代夫首都马累；接下来的一周
时间里，蜻蜓会到达更南部的环礁。显然，这些蜻蜓是从印度跨越开
阔的海域迁徙到马尔代夫的。这段海面距离约有八百多公里，小小的
蜻蜓，如何能够飞越苍茫的大海？

而接下来，安德森有了更惊奇的发现：这些蜻蜓竟然在遥远的非
洲大陆出现了。11 月，它们出现在东非国家塞舌尔北部；12 月，它
们又继续向南，来到塞舌尔的亚达伯拉；接下来它们的踪迹出现在非
洲更南部的乌干达、坦桑尼亚和莫桑比克。

当所有的时间记录被连接起来后，安德森看到了一条清晰的飞翔
轨迹：从印度南部到非洲南部，距离为九千多公里。

这些只有一双薄翅的小小昆虫，竟然创造了史诗般的飞翔奇迹。
这是令人无法想象的事情。须知，每年的这段时间里，蜻蜓所经过的
海域和陆地都是风雨交加，弱不禁风的它们，如何能穿越南亚大陆和
非洲大陆中间几千公里的大洋呢？

经过多年的观察和研究，安德森最终发现了这些蜻蜓成功飞越的
秘密，而答案正是人们担心的风雨。每年的 10 月到 12 月，位于印度

洋低空的季风都会从南吹向北，这对于从北向南迁徙的蜻蜓大军来说是可怕的麻烦。但是，在一千米以上的高空，会有一个叫作"热带辐合带"的季风系统从印度向南移动，越过马尔代夫，直到非洲大陆。好风凭借力，蜻蜓们正是提升了飞翔高度，避开了逆风，然后借助这个季风带的力量，完成了这看似不可能的长途旅行。也正是因为有雨水，当它们在岛屿和陆地上前进时，才可以及时补充能量。

翅膀单薄的蜻蜓，因为善于借助季风的力量，所以，它们能飞越数千公里的茫茫沧海，创造了令人类也望尘莫及的飞翔神话。

与这些弱小的蜻蜓一样，我们常常会奇怪于身边的成功者，因为他们并不是我们想象中的强者。于是，我们习惯把他们的成功归结为幸运。其实弱者成功也并非偶然，他们的秘密就是善于借助外力。

借天时，借地利，借人和，心存一种善于借助外力为我所用的思维，想不成功都难。（感动）

撬 动 人 生 的 两 个 字

给我一个支点，我可以撬动地球。
给我一个坚持，我可以撬动人生。

　　一直有晚上在跑步机上慢跑半小时的习惯，这也是我当妈妈后身材快速恢复如初的原因。可是天气热的时候，不动都一身汗，晚上就想舒服地待在空调房里，不想去阳台上跑步。但是，当我想起苏格拉底叫学生甩手臂的故事，我还是走向了跑步机。

　　苏格拉底在开学的第一天，微笑地对学生说："现在，请大家做一个简单的动作，那就是把手臂朝前甩一下，再朝后甩一下。"学生们都照着做了。"老师，这太简单了。"学生们纷纷说。

　　"很简单是吧！"苏格拉底微笑着说，"那么从今天开始，你们将这个简单的动作每天做三百下，做得到吗？"

"当然做得到。"

一天后，苏格拉底问学生们做了没有，百分之百都举手。一个月后，再问，百分之八十举手。

此后，苏格拉底像是把这个布置给学生的任务忘了似的。直到一年后的一天，苏格拉底突然问："现在，仍在每天坚持甩三百下手臂的人请举手！"

全班同学中只有一个人举起了手。他就是柏拉图，后来成为古希腊伟大的哲学家。

一天，一星期，甚至一个月的坚持都是很容易做到的，难的是长年累月的坚持。一锹挖不成一口深井，一口吃不成一个胖子。只有像钟表的秒针那样，嘀嗒嘀嗒，不紧不慢，却不知不觉中走过了一圈又一圈，一年就嘀嗒三千二百万次。嘀嗒一次是不起眼的，但三千二百万次就是一个天文数字。

英国伟大的物理学家法拉第，出身贫寒，没有受过正规的教育，但他对人类做出的贡献和他的坚持精神永远不会磨灭。他有一本记了整整十年的日记，第一页写着"对，必须转磁为电！"但接下来每一页都只有一个单词，那就是"No"。一直"No"了十年。

一直到了最后一页，才出现另外一个单词"Yes"。这是法拉第在研究磁能是否能够转化为电能的实验中，每天做的实验日记。一个"No"，就代表实验失败了，整整失败了十年！但他一点点、一天天、一月月、一年年地坚持下来，终于换来一个"Yes"，更换来了发电机的诞生，换来了整个人类因为电而带来的无穷变革。

有人问巴斯德成功的秘诀，巴斯德说："我唯一的力量就是我的坚持精神。"

阿基米德说："给我一个支点，我可以撬动地球。"

我们也可以说："给我一个坚持，我可以撬动人生。"（纳兰泽云）

世 上 本 无 黑 色 的 花

世上本无黑色的花，世上也没有绝对黑色的人生，
所有的困难、黑暗都是相对的，
拨开了乌云，你就会发现阳光，
战胜了困难，你就可以取得成功的绿宝石。

他从小就有极强的运动能力，有一次，他恶作剧似的将父亲的帽子里塞满垃圾，父亲发现后追打他时，发现他跑得比狗还要快。

为了他的将来，家境贫寒的父母还是将他送入了体校，但这需要花许多的钱。父亲是个生意人，每天不着家，但收入甚微。母亲为了他白天去扛麻袋，晚上还要坐在油灯前给富人家缝补衣服。

但这一切，他都没有感觉到，他仍旧若无其事地逃学、调皮捣蛋。直到有一天，父亲站在他的面前询问他的成绩时，看到了一份极为糟糕的成绩单，父亲痛苦不已，揪着他的耳朵回到家。

他被父亲软禁在家里闭门思过，他的工作就是去叔叔的花园里侍

弄鲜花，那儿缺少一个花匠。

叔叔很幽默，跟他开玩笑说："学成回家了？"他没好气地埋怨叔叔。

叔叔说道："你看看这些花五颜六色、姹紫嫣红的，可你见过有黑色的花吗？"

"有呀！"他不假思索地回答，"墨菊呀，我见过的，它是黑色的花。"

"你错了，孩子，它并不是黑色的花，应该属于深紫色。"说着，叔叔将他领到墨菊前面，他弯下身去，仔细地端详后，恍然大悟。

"叔叔，为什么这世上没有黑色的花呢？难道是不好看吗？"他歪着小脑袋问叔叔。

"这是适者生存。花儿也是一种有灵性的生物，黑色容易吸收太阳光，而过多的太阳光会将花蕊晒伤，为了防止自己被晒伤，时间久了，它们逐渐淘汰了黑色的花素，而转变成了其他颜色，孩子。"

他似乎有所感悟，低着头不吭声。

叔叔转移了话题："孩子，世上本无黑色的花，世上也没有绝对黑色的人生，所有的困难、黑暗都是相对的，拨开了乌云，你就会发现阳光，战胜了困难，你就可以取得成功的绿宝石。人也必须学会适应自然、社会和生命，等到你的奋斗达到理想状态后，你就会发现，黑暗早已经远远地躲开了你，你收获的都是色彩缤纷的花，就像那些花，抛弃了黑暗，坚强地绽放着。"

这个叫博尔特的孩子哭泣着离开了叔叔的花园，他找到了父亲，给父亲立了一份契约，如果不成功，决不回家。

天道酬勤。博尔特所取得的成功是空前的，绝无仅有的。

2008 年北京奥运会上，他连续创造男子 100 米和 200 米跑的世界纪录；2009 年，他更是以提高相同的成绩 0.11 秒打破了男子 100 米和 200 米的世界纪录，成为史上第一人；2011 年，博尔特在男子 200 米决赛中蝉联冠军，创当年世界最好成绩；2011 年，在 4×100 米接力中，博尔特带领牙买加队刷新了由他们自己保持的世界纪录。

世上本无黑色的花，世上也无绝对黑暗的人生。（古保祥）

跑 下 去， 前 面 是 片 晴 朗 天

其实，每一个生命的本质何尝不是一种奔跑，
奔跑的前方虽然会荆刺丛生，
但只要坚持，梦想多大，路就会有多平坦。

　　牙买加著名短跑田径运动员、曾在北京奥运会上三次打破世界纪录、被誉为"闪电侠"的博尔特，在成名之前只是一个毫不起眼的替补运动员。

　　因为一场大病，博尔特几乎失去了在田径上继续追逐梦想的机会，但他硬是以无比的毅力挺了过来，并在规定的时间里归队训练。就是这么一个在牙买加短跑选手名单里都没有位置的运动员，2001年却突然向体育管理中心提出要代表牙买加参加世界青年田径锦标赛。

　　消息传出，没有人支持，连亲戚朋友都反对他这一幼稚、荒唐的

行为。因为短跑是一个挑战人体极限的运动，即使 0.1 秒的超越也足以让世人为之震动。而此前博尔特最好的成绩比同胞、牙买加第一号短跑运动员鲍威尔慢了一分钟。

60 秒，在短跑里几乎是一段无法跨越的距离。

没有人支持自己，博尔特不过自嘲地笑笑，却并没有灰心。他向鲍威尔下了一封挑战书，约他三个月后，在国家体育中心进行一次挑战。出乎所有人的预料，鲍威尔愉快地接受了挑战，并指派自己的得力教练指导博尔特进行训练。

博尔特清楚地知道，他最大的敌人并不是别人，而是困扰自己多年的疾病。他未必能战胜对手，但为了自己的田径梦想，他必须战胜自己，这毫无选择。

教练针对他的现状，给他订了一项周密而科学的训练计划。训练的最后一部分是七天的长跑之旅，与炙热的沙浪搏斗，跟冰冷的海水抗衡，跟长颈鹿比速度，与袋鼠比冲刺。

挑战赛如期进行，这是一个没有媒体参加的盛会，除了牙买加体育管理中心的官员外，所有想来一睹风采的人们都被拒绝入内。没有人知道结果怎么样，但博尔特确实通过此次挑战获得了一张田径锦标赛的参赛名额。一年后，就是凭着这次赢来的机会，博尔特一举摘下了200米跑的冠军，两年后他再次刷新了自己的200米纪录。四年后在北京奥运会上，他成为人类历史上首个以打破世界纪录的成绩获得奥运100米、200米跑金牌的选手，他也以这个成绩被联合国教科文组织授予该组织体育冠军的称号。

我深深记住了这位牙买加选手向世人宣告属于他的与众不同的声音："我知道将来还会遇到很多困难，但不管怎样，我一直都会跑下去，前面才会是我的朗朗艳阳天。"在奔跑中去激情追逐自己的梦想，并一点点扩大目标，直至得以全部实现。

其实，每一个生命的本质何尝不是一种奔跑，奔跑的前方虽然会荆棘丛生，但只要坚持，梦想多大，路就会有多平坦。身处困境，那就用雄心去征服困境，不气馁，不服输，这样才能演绎完美的人生。（王国军）

琴 键 上 的 十 二 根 手 指

命运给了你缺陷的同时，也会给你人生带来不同的际遇，
只要你心中充满爱和希望，只要你坚强，
那些困扰你的种种，终会变成人生路上最美的花朵，馥郁芬芳醉一生。

　　她刚懂事的时候，便问妈妈："为什么你们都是十根手指，而我
却有十二根呢?"

　　面对女儿的问题，妈妈想了想说："你比别人多长了两根手指，
那是天上的神仙喜爱你的缘故，因为多了两根手指，将来你就能做许
多别人做不到的事。"她听了妈妈的话，立刻高兴得跳起来，在心里
不停地感谢着天上的神仙。

　　可是上学以后，一切仿佛都变了。女生们谁都不愿意和她在一
起，像看怪物一般看她；男生们则围着她起哄，喊她妖怪。她孤独寂
寞，常常无助哭泣。特别是有一次老师让她朗读一篇作文，当她读到

"那是一个伸手不见五指的夜晚……"有个同学在下面说："应该是伸手不见六指的夜晚！"同学们哄堂大笑，她委屈得眼泪快要掉下来了，看着自己的双手，她真想把那两根多余的手指折断。她开始怀疑妈妈的话，如果天上的神仙真的喜欢她，就不会让别人这样嘲笑她了。

那是一次想象作文，老师让她继续把那篇作文读完后，说："明天咱们要观看一部科幻影片，以提高你们的想象力。"

第二天的作文课，老师果然给大家播放了一部科幻片，影片中有一个美丽的外星人，她有着超强的能力和善良的心，一次又一次地拯救地球。而那个外星人，手上便长着六根手指。

看完影片，老师说："同学们，一个人长成什么样子并不重要，重要的是有一颗善良的心。苏晓丹同学虽然长着十二根手指，可她那么善良那么美丽，也许就是电影中的外星人降临到咱们这个世界呢！大家应该喜欢她、爱她，不应该嘲笑她。"那一刻，同学们都安静下来了，把目光投在她的身上。下课后大家纷纷找她玩，而在此前，做游戏时谁也不愿拉着她的手。那一瞬间，她流泪了，而这次却是幸福的泪。

一个偶然的机会，她喜欢上了音乐，为此妈妈给她买了一架电子琴，她很快就能弹得流水般动听。后来，她开始学习钢琴，而她的优势也显示出来了。由于每只手多了一根手指，每个音域内的按键她都能轻松触到，这样一来，那些复杂的需要很高的技巧的曲子，她便能顺顺利利地弹奏下来，而且极流畅，仿佛那些曲子就是专门为她准备的。

读初一的时候，她便在全省的少儿钢琴大赛中获得第一名，看着她十二根手指在琴键上灵活地跳跃，在场的人都被深深地震撼了。同年，她在全国钢琴大赛少儿组的决赛中再次夺魁，一曲终了，她高高举起双手，让幸福湮没在如潮的掌声中。她对记者说："妈妈曾对我说过，天上神仙特别喜欢我，才给了我十二根手指，我要用这十二根手指弹奏出世界上最美的音乐，送给那些喜欢我的人！"

命运给了你缺陷的同时，也会给你人生带来不同的际遇，只要你心中充满爱和希望，只要你坚强，那些困扰你的种种，终会变成人生路上最美的花朵，馥郁芬芳醉一生。（包利民）

你 若 盛 开， 清 风 自 来

走在不同人生路途中的我们，有过欢喜，也有过失落。
纵然如此，每个人依然努力地活着，
让心中的梦想长成葱茏的大树，尽情地舒展生命的枝叶。

初秋的一个下午，我去参加一场同学会，那是高中毕业二十年来的首次聚会。当年的同学如今天南海北，平时各忙各的很难聚齐。可就在这一天，同学们有的坐飞机，有的坐火车，有的自己开车，山一程水一程地都来了。

班主任老师得了很重的病——肺癌，这消息像长了翅膀似的，飞到全班同学的耳中。因而，我们放下手中的事情，似乎是在完成期待已久的约定，去奔赴这场秋天的盛宴。

距母校不远的饭馆里，我们见到想念已久的老师。她居然能透过熟悉的笑容，叫出大多数同学的名字，这让我们有一种被人记得的幸福。房间里洋溢着欢乐，同学们兴奋地说笑着，谈论起各自的生活。

班长李秋实曾是风一样的男孩，阳光俊朗的外表，遥遥领先的成绩，让他成为众多女生心目中的偶像。而今的他是一家合资企业的总工程师，拥有多项科研成果，对于他所取得的成就，大家送上由衷的赞叹和诚挚的祝福。

憨厚老实的刘建辉，学习成绩并不好，高中毕业后他便休学了。后来，靠着祖传的手艺，他开了家"刘氏烧饼店"，生意还挺火的，店外经常排起长龙。有的顾客外出几年，回来说忘不了他的烧饼，有种故乡的味道，这让他很自豪。

喜爱文学的莫小宣，在校时是位外表柔弱的女孩。再看眼前的她，云鬓高绾，长裙曳地，好一位气质美人。这些年她离婚、下岗，一个人撑起了家。每天累得要散架，却坚持写作，还把儿子送进重点大学。她就像蚌，没被苦难击倒，反而把自己磨炼成一颗闪耀的珍珠……

老师略向前探着身子，边听边微笑着点头，说，这真是太好了，只要尽心尽力去做，就无悔于人生。望着乐观而消瘦的老师，很多同学的眼睛都湿润了，这让我想起那特别的一课。

　　高一开学后不久，老师组织我们去爬山，到了山脚下，发现坐缆车、爬台阶或沿小路都可以抵达山顶。老师让同学们自己选合适的登山路线，我们分成三个小组，沿着不同的道路同时向山顶进发。

　　在山顶聚齐后，同学们争论起哪种登山方式最好。老师笑了，意味深长地说，高中三年如登山，你们学到的不只是知识，还有智慧、勇气和坚持，同时还要记住：通往成功的路不止一条。

　　同学们思忖着老师的话，明白了她的一片苦心。随后的三年间，我们在心里埋下梦想的种子，挥洒青春的汗水去浇灌它，大家享受着"攀登"带来的快乐和自信，并由此结下深厚的友谊。

　　那一段流光岁月，使得我们褪去青涩，变得日渐成熟起来。之后，走在不同人生路途中的我们，有过欢喜，也有过失落。尽管如此，每个人依然努力地活着，让心中的梦想长成葱茏的大树，尽情地舒展生命的枝叶。

　　聚会上，老师的身体看上去十分虚弱，却始终面带欣慰的笑容。欢聚的时光总是匆匆的，临别时，老师送我们一幅兰花图。一朵朵素淡的花，开得正艳，芳香四溢，是那么生机盎然。旁边有一行字：你若盛开，清风自来。

　　我们挥手说再见，心里明知于她而言，余下的光阴如掌心的雪花，再见也许意味着再难相见。然而想起那句赠言，心里虽有伤感，亦不觉悲凉。生命，就理应怒放，以一朵花的姿态——这是老师给我们的最好的爱。　（顾晓蕊）

隐 形 的 翅 膀

形体的残缺，环境的艰险，都不是人生成败的决定因素。
因为任何有形的力量都囚禁不了心灵，束缚不了梦想，
心灵与梦想，是每个人与生俱来的隐形翅膀，
只有勇于展开它们的人，才会飞起来，超越一切，抵达幸福的人生彼岸。

　　她出生时就没有双臂。懂事后，她问父母："为什么别的小朋友都有胳膊和双手，可以拿饼干吃，拿玩具玩，而我却没有呢？"

　　母亲强作笑脸，告诉她说："因为你是上帝派到凡间的天使，但是你来时把翅膀落在天堂了。"听了母亲的话，她很高兴，她天真地告诉母亲说："有一天我要把翅膀拿回来，那样我不但能拿饼干和玩具，还会飞起来。"从此，她成了母亲的天使。

　　七岁上学前，母亲请医生为她安装了一对精致的假肢。那天，母亲对她说："我的小天使，你的这双翅膀真是太完美了，简直是天衣无缝。"但她却感觉到，这对冷冰冰的东西并不是自己的那双翅膀。

在学校里，母亲那个关于天使的童话破灭了，缺少双臂的她，成了同伴们取笑的对象。大家都叫她"维纳斯"。从此，她总是低着头。假肢不但弥补不了自卑，反而让她深切意识到自己的残疾。

随着年龄的增长，她越来越感觉到残疾的可怕：洗脸、梳头发、吃饭、穿衣服……她觉得自己是一只被牵着线的木偶，做任何一件事情都要依赖于父母，她的郁闷与日俱增，却又逃避不了残缺的现实。

十几岁的年龄，本应天真烂漫、无忧无虑，她的心却每天都很疼、很苦。她感觉自己像一只翅膀被折断的蝴蝶，失去了天空，更嗅不到花香，只能躲在阴暗的角落里煎熬时光。

课余时间，同学们最大的乐趣是打秋千。其实，她也喜欢秋千，但是，她却只能在梦中才会找到那种如蝴蝶般在风中飞舞的感觉，现实中，她只能站在远处痴痴地看着那些与自己同龄的孩子们在空中飞舞着、欢笑着，只有他们离去时，她才偷偷地坐到秋千上，忘情地荡起来。这个时候，她会闭上眼睛，听耳边掠过的风声，想象自己找回了失去的双臂，像天使一样在操场上空飞翔。但是，每次她都会被狠狠摔到地上，摔得浑身伤痕累累。

没有双臂让她吃尽了苦头，这让她自暴自弃。为了打开她的心结，十四岁那年的夏天，父母带她乘船去度假。

大海，让她心情舒畅了许多。每天，她都站在甲板上，任两截空
飘飘的衣袖随风飞舞，每当看到海鸥在风浪中自由飞翔，她都情不自
禁地叹息说："如果我能有一双翅膀多好，哪怕只飞一秒钟。"

"孩子，其实你也有一双翅膀的！"一个苍老的声音自她耳边响
起，她循声看到了一位黑皮肤的老人，她吃了一惊，因为这位老人没
有双腿，他整个身体就固定在一个带着轮子的木板车上。此刻，老人
用双手熟练地驱动着木板车，在甲板上自由来去，这让她看呆了。以
后的几天，她和老人渐渐成了朋友。她了解到，老人是在十年前从非
洲大陆出发的，如今已经游遍了世界五大洲的七十多个国家，而支撑
他"走"遍世界的，就是一双手。

老人的经历，让她感觉不可思议，同病相怜的缘故，她双眼含满
了泪水，船靠岸那天，他们依依不舍。"记住，孩子，那双翅膀，就
隐藏在你的心里。"老人的临别赠言让她整颗心一下子飘荡起来。

她开始练习用双脚来做事。最开始，她用脚练习写字、梳头、剥
口香糖，为了让双脚保持柔韧有力，她每天通过走路和游泳的方式来
锻炼。由于过度劳累，她的脚趾经常会麻木、抽筋。有一次，在游泳
池里两个脚踝竟然同时抽搐，她在水中拼命挣扎，喝了一肚子水，所

幸被教练及时发现，将她从死亡的边缘拉了回来。那位教练没有想到，第二天她又出现在了游泳池里。

不懈的努力让她的双脚越来越灵活，她的脚指头开始能像手指一样自由弯曲，骨科医生说她的脚已经比平常人的手指还要灵活了。灵巧的双脚让她学会了使用电脑、弹钢琴，后来，她还获得了跆拳道"黑带二段"，坚强与自信让她渐入佳境，由于成绩出色，她获得了亚利桑那大学心理学学士学位。但是，她的努力并没有停止。她开始练习用双脚来开汽车，事实上，她比普通人更快地拿到了驾照。

一路走来，她的成就已经足以令自己和父母骄傲了，但童年时那个要飞起来的梦想却总挥之不去，她要像天使一样自由飞翔。

一次培训残疾飞行员的机会让她欣喜若狂。她打电话说明了自己要学习飞行的愿望，但是，那位飞行教练听到她没有双手，要靠双脚来学习驾驶时，立刻回绝了她的要求，并称那简直是天方夜谭。

但她认定了这是属于自己的机会，所以，开学那天，她依然开着车去了那个训练班的机场。让她没有想到的是，当她从车上走下来时，她听到了一个意外的声音："看来，你学习开飞机是没有问题的。"那个在电话里拒绝她的飞行教练，此时正微笑着看着她。

听说她在学习用双脚开飞机，很多人来信或打电话鼓励她，但更多的人认为她是在玩冒险游戏，她铁定了心：一定要飞起来，哪怕一秒钟。

拿到轻型飞机的驾照，需要学习六个月，她却用了整整三年时间。她先后求教过三名飞行教练，挑战过各种天气状况，飞行时间达到了八十九个小时。经过艰苦的训练，她能够熟练地用一只脚管理控制面板，而用另一只脚操纵驾驶杆，这让曾培训出许多飞行员的教练惊叹不已，他的结论是：她已经是一名非常优秀的飞行员了，她驾驶飞机时非常冷静和稳定，大部分肢体健全的飞行学员的飞行能力也无法和她相比。

这位身残志坚，可以用双脚熟练驾驶轻型运动飞机，并成功通过了私人飞行员驾照考试的女孩叫杰西卡，今年二十三岁，是美国历史上第一个用双脚驾驶飞机的合法飞行员。

杰西卡的故事给许多美国人带来了巨大的精神鼓舞。她经常到美国各地进行巡回演讲，讲述自己靠双脚生存和奋斗的感人故事。

肢体的残缺，环境的艰险，都不是人生成败的决定因素。因为任何有形的力量都囚禁不了心灵、束缚不了梦想，心灵与梦想是每个人与生俱来的隐形翅膀，只有勇于展开它们的人，才会飞起来，超越一切，抵达幸福的人生彼岸。（感动）

灰 姑 娘 请 别 期 待 白 马 王 子

借助自己的知名度为改善拾荒者的困境多做努力，
不要把对生活的希望寄托在白马王子身上，
自强自立才是安身立命的根本。

　　垃圾堆里，她发现了一本《安徒生童话》，如获至宝。回到家里，
伴着昏黄的灯光，她如痴如醉地翻看起来。

　　她叫妲妮拉·考特，全家十三口人居住在阿根廷首都布宜诺斯艾
利斯郊区的一个贫民窟。父亲失业后，原本贫寒的家庭陷入食不果腹
的边缘。为了减轻父母的负担，懂事的妲妮拉在每天放学后，总是拉
上小推车四处捡拾垃圾，以赚取微薄的收入贴补家用。

　　这天晚上，当她看到童话故事时，不禁怦然心动：她这个灰姑
娘，是否也会遇见生命中的白马王子，从此过上幸福生活呢?

　　妲妮拉开始对生活有了新的期待，她常常会在镜子前打量自己，

然后满意地对自己笑笑。终于，她兴奋地对父亲说："为了捡到更值钱的东西，我决定到富人区去看看。"

妲妮拉永远忘不了那一天发生的事。当时天色微晚，她正小心翼翼地翻捡垃圾桶里的纸盒，突然有人从背后撞倒了她。她爬起来，发现对面站着一位男士，相貌俊朗，西装革履。妲妮拉的脸有点微红，尽管不是她的错，她却首先客气地说了声对不起。不料，那个男人却眉头紧皱，厌恶地用手帕捂住鼻孔，半天才哼出一句话："哪里来的垃圾妹，还不快走！"听了这句话，妲妮拉的心里有说不出的滋味，推起车飞快地逃离。

一路上，她看到那些装扮如白马王子的男人无不挽着一个妖冶高贵的女人，他们见到她都像见到瘟疫般掏出手帕。那一刻，妲妮拉突然明白，灰姑娘的幸运只会停留在童话里。

从此，妲妮拉不再对所谓的白马王子抱任何幻想，但她却收获了一样东西：学会自强自立。她坚信，贫困是暂时的，靠自己的努力，一定会过上幸福的生活。

妲妮拉怎么也不会想到，幸运之神正悄悄地以另一种方式眷顾于她。一天晚上，当她把最后一点垃圾装入小车时，有位女士叫住了她。"姑娘，你有没有兴趣当模特儿？"

　　这名女士就是阿根廷著名项链设计师玛莉娜·冈萨雷斯。她后来回忆说："当时妲妮拉就在我家门口捡垃圾，虽然她衣着破旧不堪，但全身却洋溢着一种摄人心魄的气质——素朴、庄重而又略带孤傲，或许正是她独特的生活经历塑造了其众里难寻的气质。"在玛莉娜的推荐下，妲妮拉走上了 T 型台，经过刻苦训练和精心雕琢，仿佛脱胎换骨，初次正式演出，立即被观众惊为天人，随即迅速走红。2008年，世界精英模特儿大赛隆重举行。在阿根廷赛区，妲妮拉接连击败一千多名竞争对手，勇夺桂冠。

　　成名之后，全球各地的富家公子哥竞相对妲妮拉示爱，但她全都拒绝了。她说："我现在最需要做的，是借助自己的知名度为改善拾荒者的困境多做努力。同时，我还想告诉一些女孩，不要把对生活的希望寄托在白马王子身上，自强自立才是安身立命的根本。"（朱晖）

面 具 遮 挡 不 了 你 的 光 芒

眼泪解决不了任何问题，要做的就是让人能够记住你。
要知道，
一个光芒万丈的人，哪怕是戴着面具也能够让人记起的。

能够从成千上万的人里面脱颖而出，成为韩国著名的 SM 娱乐公司的一员，韩庚很满足，所以在接下来的学习当中，韩庚比任何一个人都勤奋，公司安排的演唱、舞蹈、作曲、演奏，韩庚都尽自己最大的努力做到最好。

虽然在来韩国之前韩庚就是中央民族大学舞蹈系的高才生，但公司却要求他把过去所学过的舞蹈全部忘掉，重新开始学习街舞。一次，因为练舞的时候动作过猛，韩庚发现练完后自己的手臂出现了从来没有过的胀痛，他以为是自己练得太久的缘故，也就没在意。可是过了几天，胳膊却越来越痛，到医院一拍片，才知道骨折了。连医生都奇怪，韩庚在骨折的情况下怎么还能坚持继续练习。

　　这还不算什么，最难过的是每年的春节。在往家里打电话之前，韩庚都要先哭十分钟后再给母亲打电话，告诉母亲自己一切都好。其实，韩庚在韩国的境遇并不好，因为韩国的法律对外国艺人是有限制的，它不但要求外国艺人不能够长期待在韩国，而且对外国艺人的演出也有严格的规定，只允许三家收视率不是很高的电视台播放外国艺人演出，所以说外国艺人要想在韩国获得成功，那是难于登天的一件事情。可韩庚却不信这个邪，他总是鼓励自己要坚持下去，并且让自己最终在韩国的舞台上红起来。

　　证明给所有的人看，成了韩庚最简单，也最鼓舞自己斗志的想法。可这只是韩庚一厢情愿的想法，因为外国人出入处的工作人员盯上了韩庚。这些外国人出入处的工作人员，就像剥大蒜一样，把韩庚剥得全无隐私地站在他们面前。他们问韩庚参加过什么演出、拍过什么广告、上过什么杂志。问完之后，无比蔑视地对韩庚说，你连一个演艺的签证都没有，还想在韩国演戏？韩国你不能演了，你唯一能做的也许就是马上离开韩国。没有演出就离开韩国，韩庚做梦也不敢想。

　　最后经纪人想出了一个折中的方法，那就是让韩庚戴着面具演出。

　　拿着经纪人递给自己的面具，韩庚的泪水夺眶而出。韩庚无数次地在大脑中设想自己演出的情景：每一次都是光鲜明亮地站在台上，当掌声一遍又一遍响起，自己尽情地唱歌。可现在却要戴着面具，让所有的人都看不到面具后面自己的脸。

　　看着流泪的韩庚，经纪人拍了拍韩庚的肩膀说："眼泪解决不了任何问题，要做的就是让人能够记住你，要知道，一个光芒万丈的人，哪怕是戴着面具也能够让人记起的。"

　　经纪人的话像一针强心剂，韩庚刹那间明白，戴面具并不可怕，可怕的是自己没有了动力、没有了自信。为了让人记住自己戴着面具的脸，韩庚付出了比平时更多的努力。终于，在韩国，有人开始注意到那个在 KM 电视台唱歌的组合 Super Junior 中，有一位戴着黑色和银色面具的男孩，更有中国人关注并喜欢上了在外国打拼的韩庚。

　　今天，韩庚在韩国凭着自己的坚强和隐忍得到了越来越多人的认可，并且被 KBS 评为"最受欢迎的外国人"。不过韩庚还是选择回中国来发展自己的演艺事业，因为他知道如果没有祖国那批热爱自己的人，自己根本就没有力量往前走。（刘述涛）

天 生 美 好

那么多的天生美好就簇拥在我们每个人的身边。
只要愿意，谁都可以去发现，
谁都可以去拥抱，生活也会因此而变得更加美好。

　　老人的小屋，在罕有人至的北极村以北的桦树岭腹部，一条小溪从小屋前静静地淌过。

　　见到老人时，他正悠然地倚靠在一块青石板上，惬意地晒着太阳。

　　我问老人："听说您一个人在这里生活了十几年，不寂寞吗？"

　　老人乐呵呵地说："我不知道什么叫寂寞，我只知道每天都有很多事情要做。"

　　我不解地问："您这么大年纪了，还有很多事情要做？"

　　"是啊，早晨起来，我要带着大黑（一条忠厚的老狗）看看我房前屋后的果树、菜园，瞧瞧我那些活蹦乱跳的鸡鸭鹅兔，满眼都是生长的快乐。等露水退去，顺着那条山梁往上走，还能看到一大片漂亮的白桦林。只要你愿意，随便找一棵，都会从那上面一个个像疤痕似的眼睛里，读到很多真实生活的秘密。只要俯下身来，脚边的每一棵小花小草，都会跟你说很多的话呢……"老人说着，忽然做了一个不要出声的手势，然后把头仰向蔚蓝的天空。顺着老人的目光，我看到了一团洁白如絮的薄云，正变幻着形态朝远处飘去。

真美啊！我不禁在心中赞叹。

过了好长一段时间，老人才收回那欣赏的目光，不无自豪地告诉我："在这里，不用花一分钱，随时都能看到这么好的风景，多好啊！比坐火车、坐飞机到外面旅游累得够呛要舒坦多了。"

"您天天待在这里，就没有厌倦过？"我想，这里太沉寂了，应该是不宜久居的。

老人依然笑着说："天天都会碰到新鲜的事情，天天都有让人高兴的发现，怎么会厌倦呢？你看我养的那些花开得多好，还有那些果树长得多精神。你再看这几只蚂蚁，多勤快啊！"老人怜爱地指着脚边那几只正在搬运食物的小蚂蚁，轻轻地告诉我，"细细地瞧，细细地听，细细地品，到处都是叫人舒心的好景致。"

"您就没有想过去山外看看吗？"

"也出去过，但我感觉哪里的风景都没这里的好。这里是天生美好。"老人站起来，硬朗的身板像一棵阅尽沧桑的松树。

"天生美好？"我重复了一遍。

"是啊，天生美好。一棵树有一棵树的梦想，一朵花有一朵花的心事，一条河有一条河的故事，一块菜园有一块菜园的往事，它们都是善解人意的好朋友。只要你肯停下来，用心去观察、去体会，你就会发现身边有那么多的美好。其实很简单，你的心情美好了，世界就美好了。"老人的话，就像一条自信地朝远方流淌的无名小溪，叮咚着流过我的心底。

天生美好，多么富有深意又富有想象的四字箴言啊！

再次置身于喧嚣的都市，我陡然少了许多疲惫与烦恼，多了许多轻松和惬意，因为我拥有了许许多多惊喜的发现：从原来让我心烦的收废品的梆子声中，我听到了一种叫坚韧的声音；从拥挤的公交车上，我看到了一种叫热情的东西；从每次的加班中，我真切地感受到了"我很重要"；在独自一人的夜里，我仿佛触摸到了时间轻轻的脚步……

原来，那么多的天生美好就簇拥在我们每个人的身边。只要愿意，谁都可以去发现，谁都可以去拥抱，生活也会因此而变得更加美好。

（崔修建）

换 一 种 思 维

走出自己的习惯，换一种思维，你会有更多崭新的认知；
换一种视角，你同样会有更多惊喜的发现。
因为，上帝在为你关上一扇门的时候，同时也为你打开好多扇窗。

　　在北美洲有一个久负盛名的金矿，每年都吸引着全世界数以万计的淘金者。由于大量的采挖，黄金储量逐年减少，而且要抵达金矿，必须渡过一条水流湍急的大河。但即便如此，在黄金那灿烂光辉的诱惑下，每天仍会有数千人在水面上挣扎沉浮。

　　一个淘金者，在经历了无数次的空囊而归后，有一日突发奇想："既然有这么多淘金者急于过河，我何不搞个轮渡，接送他们?"于是，他很快购买了一艘轮渡，专门用来接送每天数以千计的乘客，并在轮渡上做起了外卖，使淘金者远离了河水的威胁，也不用再去啃冰冷的干粮。

　　在淘金者的眼中，他们所看到的只有眼前的金矿，而不会计较区区的几个美金，他的生意很快红火起来，成了当地最有名的几个富翁之一。

　　曾经读过这样一个故事：一个大学讲师在课堂上做了这样一个实验，用两个敞口的玻璃瓶子，分别装了一些苍蝇和蜜蜂，让瓶底向着光源。在经历了一段时间的横冲直撞后，苍蝇全部飞出了玻璃瓶，只有蜜蜂仍在孜孜不倦地向着有光源的瓶底不停地冲撞，一只也没有飞出，直至精疲力竭。这些号称勤劳勇敢的小蜜蜂，就是这样在延续着自己的思维，不断往前，永远向着所谓的光明，从不敢越雷池半步，所以永远飞不出只有不到十厘米之隔的逆光的瓶口。

　　换一种思维，小草的叶边虽然划破了鲁班的手指，但他看到的却不仅仅是常人眼中的鲜血，而是由此发明了锯子；换一种思维，一个苹果砸到牛顿的头上，他感觉到的不仅仅是疼痛，而是从下落的苹果中总结出万有引力定律；换一种思维，伽利略能让两个质量不等的铜球从比萨斜塔上同时落地；换一种思维，能从严冬读出暖意，能从淫雨霏霏中看到晴空朗日；换一种思维，即使身处沙漠，心目中依然充满绿洲。

　　很多时候，人们怀疑自己，不相信自己。之所以陷入了困境，就是因为你没有换一种思维去品读生活与发现自我。永远不要像蜜蜂那样，只知道追逐光源，有时候跳出常规才是进取。

　　人作为这个世界上最高级的动物，极富想象力和创造力。在成功者的眼里，逆境正是一种潜在的机遇，只不过更多的人没有很好地去发现。很多时候，一种叫作进取的东西，蒙蔽和麻醉了人们的视线。人们选择了坚强与应对，而忽略了退让与选择，一味地钻进一条思想的死胡同。迷途而不知返，这是人的执着，同样也是人的悲哀。

　　走出自己的习惯，换一种思维，你会有更多崭新的认知；换一种视角，你同样会有更多惊喜的发现。因为，上帝在为你关上一扇门的时候，同时也为你打开好多扇窗。（佚名）

不 要 揉 碎 别 人 的 那 朵 云

每个人都有属于自己的一朵云，
那朵云不分贵贱，不分高低，你不能轻视它，更无权嘲弄它。
所以，任何时候，经过别人心灵的时候都要小心，
轻拿轻放，尽量不要揉碎别人的那朵云。

昨天，我收到一位大学同学发来的邮件，一直骄傲的他忽然变得有些颓丧，他说："我的云朵被揉碎了。"

他毕业后一直远离家乡生活，在外地的税务局做个小职员，娶妻生子，生活得平淡而安逸。他不喝酒、不抽烟、不赌博，唯一的业余爱好是绘画，常常背着他的画夹去野外写生。他最喜欢画的是云朵，一朵一朵不同姿态的云，在他眼里是那样美丽，令他着迷。

当他把一朵朵云转移到画板上的时候，他是宁静而快乐的。简单的生活，可以让灵魂自由自在地呼吸。

　　放长假的时候，他回到父母身边小住，那是一个更大更繁华的都市。起初团圆的喜悦和新鲜激动着他，听听事业各有所成的哥哥姐姐大讲他们的发家史，更是让他感到妙不可言。坐在一起把那点故事讲了几十遍后，哥哥姐姐们开始把话题转移到他身上，开始品评他的性格、他的思想、他的衣装举止、他的家庭工作……在与哥哥姐姐们的"成功"相比之后，他的一切统统被贴上了"失败"的标签。他说："他们用心良苦地帮我彻底了解了自己，他们解剖了我，得出了正确的'研究成果'，但是我也支离破碎了。"

　　读完他的电子邮件，我悲从中来。朋友说他"变得不能思考……"，他被爱他的人说糊涂了，一下子感到现实很迷茫。

　　哥哥姐姐们开始为他设计未来：有的要给他投资，让他下海淘金；有的想把他从外地调回来，"你不能再这样消沉下去了，你要养成一些更适合与人交流的爱好，你又不想当画家，不要整天画那些呆板的云朵"。他的喜好在他们眼里变得一无是处。他的云朵被他们的逻辑彻底揉碎了。

　　本来在自己的一方小天地里过得好好的，有自己安静的生活，却忽然有一天，那片安静的云朵被揉碎，生活的天空也变得混乱不堪。

　　曾经看过一幅关于小狗史努比的漫画——史努比在冰上溜着，玩得正高兴，这时，走来一个穿溜冰鞋的小女孩严肃地纠正它："你连溜冰鞋都没有穿，这不是溜冰，只不过是滑行。"史努比一下子茫然了，停下来呆呆地自语："我还以为我刚才玩得很高兴呢！"

史努比变得忧伤，一颗轻盈的、在冰面滑行的心，变得无比沉重。

我的朋友就像史努比一样，在一段时间里迷茫着，不知所措。但最终，他还是拒绝了亲人们的热情帮助，因为在他看来，他心中的那些云朵比任何财富都重要。

每个人都有属于自己的一朵云，那朵云不分贵贱、不分高低，你不能轻视它，更无权嘲弄它。所以，任何时候，经过别人心灵的时候都要小心，轻拿轻放，尽量不要揉碎别人的那朵云。（朱成玉）

卷　五

别怕，
黑暗一捅就破

乌云也是上帝的恩赐，如果你的天空正乌云
密布，不要灰心，不要沮丧，因为乌云里迟早会
开出花朵。

平 安 夜 里 的 母 亲

我以一位母亲的身份恳求您听完这首歌，
您的聆听和赞许，将是孩子继续活着的勇气。

这个冬天的雪来得特别晚。当它扬着洁白的羽毛飞过这个寂寥的
小镇时，窗外街道上早已铺满了华丽的彩灯。

吉姆斜靠在雾气腾腾的窗上，隐约听到外面嘈杂的声响。他好奇
地问："妈妈，外面一定有很多人吧！他们都在玩儿什么呢?"

每年圣诞节前后，吉姆都会提出这样的问题。吉姆是个盲童，
从始至终都不曾看到过这个美丽的世界。母亲从狭窄的厨房里探出
头来，故作从容地说："没玩什么，他们都在街上散步呢！"其实，
她多想告诉孩子，外面不但挂起了彩灯，还站满了身穿红衣的喜庆
的圣诞老人，但她实在不忍心说出口。对于孩子来说，那是多么遥

远的梦境。

吉姆今年已经十三岁了，他不但从未尝试过奔跑，就连摸索着进厨房帮忙都不可能。不过今天，他真想试一试。他想让母亲明白，他长大了，可以做一些力所能及的事了。

他站起身来，双手向前摊开，慢慢地，小心翼翼地朝着厨房的位置靠近。当他伸手抓住门沿，欣喜着迈出脚步时，母亲忽然在厨房里尖叫起来："哦！孩子，你怎么能独自行动呢？要是摔倒了可怎么办？"

"妈妈，你不用担心，我已经长大了，我可以帮你分担家务了。不信，你把做好的牛排递给我，我一定能把它完整地送到餐桌上。"吉姆有些兴奋，导致说话的声音有些颤抖。

母亲不忍心拒绝他，到底将那块牛排递到了他的手里。吉姆高兴坏了，毕恭毕敬地捧着那个白盘。他暗暗告诉自己一定不能出任何差错，要知道，这可是他的第一个任务。

没有了双手的触探，吉姆很快被一把椅子给绊倒了。白盘落地碎裂的声音像一根坚硬的刺，扎得他大哭起来。母亲从厨房里跑出来时，看到吉姆瘫坐在地上，手里紧握着一块破碎的瓷片。

吉姆沮丧极了，他感觉自己真是一无是处。母亲抚摩着他的头发："孩子，你知道吗？你最擅长的根本不是这些，而是唱歌。"

"唱歌？"吉姆收住哭声，惊疑地问。他对母亲的赞许有些不解，因为学校里的许多同学都说过他五音不全。

"是的，唱歌。在你很小的时候，你就会唱圣诞节的颂歌了。每年圣诞节，只要你亮开嗓子，那些叔叔阿姨就会高兴地朝你口袋里扔硬币。"

吉姆不说话，他在回想颂歌的歌词。母亲继续说道："你不知道，这几年一直有人问我，为何不带吉姆出来唱歌了？我说，吉姆长大了，得看他的意愿。当然，今天也一样有人问我。如果你愿意的话，晚饭过后，咱们就可以一同出发。"

"没问题！"吉姆一下从地上爬起来。

晚饭过后，他主动要求母亲帮他换上最漂亮的衣服，然后，手捧录音机兴高采烈地准备出门。临行前，母亲特意从床底取出了一块小黑板，得意扬扬地说："今天晚上，我可得用它好好记下，咱们吉姆得了多少硬币。"

敲第一扇门时，吉姆心里充满了恐惧。他一遍又一遍地把歌词默默温习。不一会儿，门内传来了中年男人的声音："谁啊？"

吉姆不敢说话。母亲镇定地喊："吉姆！拥有全城最美音色的小伙儿！他特意前来为您奉上圣诞节的祝福！"

中年男人开门了。吉姆迫不及待地唱了起来。他感觉自己唱得实在糟糕，根本不在一个调儿上，但中年男人却极为细致地听着，舍不得打断一句。最后，还不忘朝他的口袋里扔上两枚沉甸甸的硬币。

吉姆简直不敢相信这是事实。他从口袋里掏出硬币，惊呼："先生，您这是给我的吗？"中年男人笑了："你认为不对吗？不过，对于这种天籁之音来说，它的确是挺少的。"

吉姆不知该说些什么，大颗大颗的热泪洒满了他的衣襟。他继续跟随母亲前行，敲开了一扇又一扇卷着风雪的门。

那是他最快乐的一天。没有一个人打断他的歌声，也没有一个人嘲笑他五音不全。他唱得很卖力，直到喉咙沙哑。当晚，他终于相信母亲的话，原来自己真是个有用的招人喜欢的孩子。

估计，他这一生都不会知道事情的真相。那天夜里，他的母亲始终举着一块黑板。黑板上写的，不是他所得硬币的数目，而是一句简短的话："我以一位母亲的身份恳求您听完这首歌，您的聆听和赞许，将是孩子继续活着的勇气！"（一路开花）

瓶 子 里 的 爱

有一份爱，就算生死相隔，
就算际遇再艰难，也足以温暖我们的一生！

　　那一年，我在一个极偏远的小村当代课老师，那时的生活条件
比较差，由于远离城市，人们的观念也很落后。由于贫穷，许多人
家的孩子都早早下地干活了，就算想让孩子上学也供不起，虽然学
费并不多。

　　在我的班上，有个叫谢小强的学生，十二岁，家里极穷，母亲长
年卧病，早些年吃药看病欠了不少外债，使得本来就不富裕的家更是
雪上加霜。可是他母亲的病却一点儿也没见好。虽然贫困至此，他们
却极力让孩子上学，在这一点上，谢小强的父母比村里许多人都强。
而谢小强也很努力，成绩虽不是最好的，但也属于上等。

那年春天，谢小强的妈妈病情加重，由于再无钱看病买药，小强的爸爸便开始四处收集民间的土方偏方，也不管有没有效果，弄到了就让小强妈妈服下去。他们只能把希望寄托在这些偏方上了，而小强妈妈的病还是继续恶化，这让小强和他爸爸都非常着急和恐慌。

有一天傍晚，我去村外的野甸子上散步，忽然看见小强拿着一柄四股叉在挖地。我感到奇怪，便过去问："小强，你在挖什么呢？"

他说："老师，我爸从前村找到一个偏方，说是有一个和我妈得一样病的人就是吃这偏方治好的。可是这个偏方要一百条黑蚯蚓做药引子，我挖蚯蚓呢！"

野甸上蚯蚓极多，可黑色的却是极少。那个傍晚，小强费了好大的劲也只挖到两条，他却兴奋地说："没事，我天天来挖，有一两个月怎么也凑够一百条了。"他充满希望的神情让我动容。

从那以后，小强果然一有时间就去甸子上挖蚯蚓，不管中午还是晚上，不管刮风还是下雨，只是，这种黑蚯蚓实在是太少了，有时一连好几天也找不到一条。可他一点儿也不沮丧，他相信总有一天，一百条蚯蚓会捕够的。

我曾去过一次谢小强的家。那天他妈妈的精神状态很好，斜倚在炕上和我说了许多话。我发现她说话和普通的农村妇女不一样，一问才知，她居然是高中毕业的！难怪她那样积极支持小强上学。后来，她指着窗台上一个大大的敞口玻璃瓶子，对我说："小强挖回来的蚯蚓都养在那里呢！"

我过去看，瓶子里装了大半下土，有一些蚯蚓在里面翻动。我真的怀疑这个偏方是否真能对她的病有疗效，她似乎看出了我的心思，说："我知道这些偏方都是没用的，他们找来了我就吃，给孩子一个希望呗！

转眼三个月过去了，小强仍没能凑够一百条黑蚯蚓，他对我说："我总觉得应该够了，可一查总是差上许多，我再加把劲儿，很快就够了，那时妈妈的病就能好了。"

想起小强妈妈的话，我没有告诉小强早就想告诉他的办法，那就是把蚯蚓弄断，慢慢地一条就会变成两条。数量是不重要的，重要的是给他以希望。

可是，小强的妈妈终究没能等到他凑够一百条黑蚯蚓，在那个秋天，她还是走了。小强哭得天昏地暗，一边哭一边说："都怪我，都怪我！我要早挖够了一百条黑蚯蚓，我妈就不会死了。"

从那以后，小强变得沉默起来，每天都生活在深深的自责之中。有时我想劝劝他，可是又不知该说些什么。

第二年的春天，当草木都发芽的时候，小强有一天忽然让我去他家。在他家的后园中，他用四股叉挖了几下，竟有许多黑蚯蚓在泥土间钻来爬去，何止百条？

小强说："其实，去年我抓到的那些黑蚯蚓早就超过了一百条，我妈总是偷偷地拿出几条扔到后园里，所以我总是凑不够。这是我爸后来告诉我的，我妈说她的病是治不好的，让我每天出去挖蚯蚓，就是想让我心里有希望……"

他没有哭，我知道，这个孩子在母亲对他的深深的爱中已经变得坚强了。他给我看那个曾经装蚯蚓的瓶子，是的，就是这个瓶子，装满了儿子的希望，装满了母亲的牵念，那就是世间最美丽的爱啊！有一份爱，就算生死相隔，就算际遇再艰难，也足以温暖我们的一生。（包利民）

善 良 做 芯，爱 心 当 罩

那些被赋予了灵魂的灯笼，仿佛格外地惦记着制作它们的人，
争着要把光亮照过来似的，把我家的院子照得透亮。
人们不约而同地仰起了头，
看着那光闪闪的被赋予了生命喜气的家伙，
仿佛看到了光灿灿的丰收年景，看到了衣食无忧的将来，
看到了一个个即将成真的美好愿望。

　　父亲做灯笼的手艺远近闻名，但父亲从不以此为业，靠它来赚
钱。许多人为父亲遗憾，嫌他浪费了这一身手艺。父亲却总是憨厚地
笑着说：当玩了，闲着也是闲着。

　　逢年过节，很多人家都来求父亲做灯笼。自然不会白求，家境
殷实些的，会给些闲钱。家境贫寒的穷人，会拿些粮食来求灯笼，
他们宁可从嘴里省出来几升粮食，也要做个大红灯笼，图个喜气。
他们心中，有一个思想根深蒂固，他们把灯笼当成一种寄托，当成
了好日子的火种。父亲一视同仁，不论穷人还是富人，一律应允，
害得自己整个腊月都闲不下来，忙得昏天黑地。但望着一家家大红

灯笼高高挂，父亲就会一边抽着烟袋，一边很满足地笑。

父亲的灯笼完全是用竹子制成，而且用于编织的竹篾十分精细。这种呈椭圆形的灯笼被称为长命灯，也叫火葫芦或火蛋灯。灯笼通体由竹子制成，故有富贵驱邪之说。竹子四季常青，在民间寓意长命富贵。依我们这里的民俗，逢年节点亮竹制灯笼不仅增加年气，还可保一辈子不受穷。另有虔诚的人说，如果哪家媳妇婚后没有身孕，娘家妈便会在除夕夜偷偷将灯笼点亮悬挂在女儿寝房外。按照此法尝试，来年肯定能抱上孙子。还有的人说，点上灯笼，可以使家里人都健健康康的，没病没灾。各种各样的说法不一而足，但中心只有一个，都是些善良而美好的愿望。

灯笼一般都在除夕的晚上点燃，挂在一个高高的灯笼杆上。夜幕降临时，灯笼里面的蜡烛映着外面的红纸，看起来特别漂亮；夜风吹来，灯笼摇晃着，仿佛一个红色的舞者，抬头看去，颇有神韵。

做灯笼是个细致活儿，需经过片竹、削竹、编织、定型、上纸、写字、上油等烦琐的过程，每个过程都需要严谨地操作。只有在灯笼腰身糊裱上一圈红色皱纹纸的时候，灯笼才有了灵魂，细密的纹路衬上红色，一份喜气便骤然附到灯笼身上，挥之不去。

　　父亲认真对待每一个灯笼，一丝不苟地编制着手中的灯笼，从不糊弄别人，他虔诚地认为，每个灯笼都是有灵魂的，只有认认真真地编制，每尺每寸都一丝不苟地完成，让每根竹条都规规矩矩，恰到好处地排好队、站好岗，灵魂才能在灯笼的身体里得到安稳。那些灯笼做好后，父亲的手上便落满伤疤，那都是让锋利的竹条划伤的。

　　邻居拴柱来求灯笼，拿来了半袋米。他挠着头，不好意思地对父亲说，因为领阿爸去治病，过年才回来，没赶上定做灯笼。只想来碰碰运气，看父亲有没有多做出来的。我们知道，拴柱家境贫寒，而且家里的老人病了很久，花了很多钱医治，吃了很多的药都不见效。

　　"我只想把灯笼高高地挂起来，没准那样阿爸的病很快就会好了。"拴柱充满期待地说，仿佛这灯笼真的成了救命良方。

　　父亲刚开始犹豫了一下，但听到拴柱这样说，便斩钉截铁地说："有，正好多一个。"父亲从里屋拿出了一个又红又大的灯笼递给拴柱，"把这个拿回家挂上吧，希望它能灵验，让你阿爸的病早日好起来。"拴柱一个劲儿地道谢。父亲还撵出家门，硬是把那半袋米原封不动地塞给了拴柱。父亲心软，看不得别人的苦。"你们家条件不好，这个就拿回去吧，这可是你们过年要吃的白米饭啊！那个灯笼算我送给你们的。"

　　拴柱被父亲感动着，堂堂一个五尺汉子，在父亲面前直抹眼泪。

　　那个灯笼本来是父亲要留给自己家挂的，可现在却白白将它送人了。我在心里和父亲赌气，嫌他把自己家的灯笼送给了别人。父亲却说，如果拴柱那个虔诚的愿望可以成真，那么我选这个灯笼给他，自然就会更灵验一些。

　　因为拴柱来得很晚，送给他灯笼后，父亲已经没有时间再重新做一个了，所以那年我家的灯笼杆上空空荡荡，院子里也黑黝黝的，没有一丝节日的喜庆气氛。

　　不过那一年，我们家虽然没有挂起灯笼，但左邻右舍的院子里都有高高挂起的灯笼。那些被赋予了灵魂的灯笼，仿佛格外地惦记着制作它们的人，争着要把光亮照过来似的，把我家的院子照得透亮。人们不约而同地仰起了头，看着那光闪闪的被赋予了生命喜气的家伙，仿佛看到了光灿灿的丰收年景，看到了衣食无忧的将来，看到了一个个即将成真的美好愿望……

　　多年以后，我终于明白，父亲在编制那些灯笼的时候，用善良做芯儿，用爱心当罩，把这盏灯笼高挂在自己的心中，温暖和光亮就送给了别人。现在父亲的这盏灯笼高挂在我的心里，一生都不会熄灭。（老玉米）

父 亲 的 阻 挡

父亲的本能，而不必去细想，
为女儿挡住的是一抹刺眼的阳光、一粒微小的灰尘、
一辆飞驰的汽车，还是一头凶猛的狮子……

　　秋日里那个星期天，难得男人有了空闲，他带着自己七岁的女儿去动物园玩。

　　他们看了猴子、孔雀、狗熊、骆驼、锦鸡和长颈鹿，玩得有些累，开始往回走。经过狮子洞的时候，女儿突然叫嚷着要看狮子。男人笑笑。他说，好！

　　灾难就是这样降临的。

　　他们倚着狮子洞上方的铁栏杆逗着狮子。那个位置，只能看到狮子的后背。七岁的女儿咯咯笑着，把脑袋探得很远。男人想提醒女儿小心，来不及张嘴，就见到女儿一头栽了下去。父亲慌忙伸手去抓，

可是他什么也没抓到。

那段铁栏突然断了，女儿是抓着那段铁栏掉下去的。空中她惊恐地叫了一声"爸爸"。后来动物园的负责人说，那几天连绵的秋雨，让那段陈旧的铁栏加快了腐蚀的进程……

掉下去的女儿似被摔昏，她躺在那里，紧闭着双眼。男人大叫："妞妞你没事吧，妞妞你没事吧?"他的喊声并没有叫醒女儿，反而惊动了狮子。狮子懒洋洋地站起来，先是看一眼落在它不远处的不速之客。然后，它突然兴奋起来，直奔女孩而去。

周围的人急了，有人慌忙拨打110，有人跑去找动物园的驯兽师，还有人高叫着，试图赶开正一步一步逼近女孩的狮子……

没有用。现在狮子距离那个昏过去的女孩仅剩一步之遥……

正在这时，男人突然做了一个让所有人都目瞪口呆的举动。他纵身一跃，跳了下去……

他正好落在女儿与狮子中间。

男人重重地摔倒，可是他马上爬起来。他没有看自己的女儿，只是狠狠地盯着狮子。周围一下子安静了下来，人们甚至可以清晰地听到男人和狮子怦怦的心跳……

也许是他的镇定让狮子不安，也许是他的样子让狮子恐惧，总之，在对视了几秒钟之后，狮子竟然慢慢地转过身，悻悻而去。

所有人都长舒一口气。剩下的事，就是他们静静地等在那儿，直到动物园来人把他们救出去。

可是，故事到这里并没有结束。事实上，这个故事才刚刚开始……

女孩醒来后看着陌生和恐怖的一切，竟"哇"的一声大哭起来。于是，刚刚躺下的狮子再一次被激怒，它慢慢站起来，然后向女孩直扑过去。

狮子的血盆大口，此时距女孩的头只差分毫。父亲看到狮子暗红的舌头和闪着寒光的牙齿……

男人迅速推开自己的女儿，他伸出自己的右臂，挡在狮子面前。其实这时他更像是把胳膊友好地递到狮子嘴里。也许那时男人在想，只要狮子的嘴里咬了什么东西，那么，它就会静下来吧！那么，它就不会继续伤害他的女儿了吧！那么，当它啃噬自己胳膊的时候，动物园的驯兽师们也许就会赶过来了吧！

他能够感觉狮子的利齿深深地扎进他的骨头。狮子咬着他的右臂，兴奋地甩着头，男人被抛起，然后重重地跌落。

狮子再一次盯着他的女儿。此时女孩已经退出很远，脸色苍白，似乎已经吓得忘记了哭泣。

狮子一步步紧逼过去……

男人再一次爬起来，再一次扑向狮子，再一次在狮子呼着腥气的血盆大口距女儿仅差分毫的时候，伸出胳膊挡在狮子面前。

这次是左臂。他的右臂已经动弹不得。他就那样伸出左臂，似乎要友好地送给狮子一顿美妙的晚餐。狮子愣了一下，再一次咬住了他的胳膊，开始了疯狂的撕咬……

动物园的驯兽师终于赶来，他们用两支麻醉枪，才将狮子击倒。

男人躺在医院里，他两只胳膊的肌肉都被狮子撕烂，鲜血淋漓，并且严重骨折。

有人问他，那个时刻，为什么要用你的胳膊阻挡狮子？男人认真地想想，说，不知道。那时由不得多想，大概只剩下本能吧……父亲保护女儿的本能吧！

是的，那时仅剩下父亲的本能，不必去细想，为女儿挡住的是一抹刺眼的阳光、一粒微小的灰尘、一辆飞驰的汽车，还是一头凶猛的狮子……

可是，假如动物园的人没有及时赶到，你还将怎么办呢？那个人继续问他。那么，我将继续挡下去。……用左腿、用右腿、用胸膛以及脑袋。男人轻描淡写地说。（周海亮）

把 生 活 变 成 诗 歌

人生也是这样，当你被一件事情困扰的时候，
想没想到换一种方法来解决它呢?
我们每个人，无法主导生命，却可以改编生活。
那个时候，你会觉得生活是一件很诗意的劳作，
而并不仅仅是从一只肩膀到另一只肩膀的疼痛。

　　记得小时候，一个夏天的夜里，有一只飞虫飞进了我的耳朵里。
我慌张地使劲拨弄耳朵，可是那个顽皮的小飞虫死活不肯出来。我急
得哭了起来。

　　奶奶取出一滴清油来，她说，往耳洞里滴几滴清油，就可以把飞
虫的翅膀粘住，然后憋死它。

　　而母亲却让我站起来，把耳朵对着明亮的灯泡，并像变魔术一样
地趴在我的耳根上喃喃低语：虫儿虫儿快出来，给你光亮让你玩……
果然，不一会儿，虫儿就慢慢爬了出来，围着灯泡快乐地飞起来。母
亲说，虫儿最喜欢的是亮光，哪里有亮光，它们就会朝哪里飞奔。

对于两种不同的方法，诗人孙晓杰解释道：前者是生活，而后者就是诗歌。

奶奶去世的时候，我既伤心又害怕。一个疼爱我的人永远地走掉了，再不回来。蓦然间令我感觉到生命的黑暗。父亲来开导我，他摸着我的头说，奶奶出远门了，那个方向是通往天堂的方向，上帝正在花园里召唤她呢，因为上帝喜欢她。我知道奶奶是个很虔诚的基督教徒，这样的解释让我的心锁顿时打开，父亲把我的悲伤改编成了童话。

从此我微笑着生活，我知道奶奶希望我这样。无论走到哪里，我都会给自己，也给别人以微笑，把手中的爱尽力扬洒到世界的每一个角落。

同样是小学三年级的学生，在作文中说他们将来的志愿是当小丑。一个老师批之为：胸无大志，孺子不可教也！另一个老师祝愿到：愿你把欢笑带给全世界！

有一次到日本伊豆半岛旅游，路况很坏，到处都是坑洞。其中一位导游连声抱歉，说路面简直像麻子一样。另一个导游却诗意盎然地对游客说：诸位先生女士，我们现在走的这条道路，正是赫赫有名的伊豆迷人酒窝大道。

人生也是这样，当你被一件事情困扰的时候，想没想到换一种方法来解决它呢？我们每个人，无法主导生命，却可以改编生活。那个时候，你会觉得生活是一件很诗意的劳作，而并不仅仅是从一只肩膀到另一只肩膀的疼痛。

生命中没有导演，无法为自己的人生进行彩排。但我们可以是编剧，尽管每个人的生活都会是一本陈年旧账，但我们可以把它编成我们想要的体裁，那些风花雪月可以改编成诗歌，那些柴米油盐可以改编成散文，那些坎坷和灾难可以改编成小说，让你的人生时而像水一样流淌，悠闲而又充满诗意；时而又像山路一样跌宕起伏，峰回路转，柳暗花明。

生活是一座杂乱无章的素材库，我们要做的，就是努力使自己成为一个优秀的编剧。（朱成玉）

别 怕， 黑 暗 一 捅 就 破

每个人的人生都会或多或少地经历一些黑暗，
面对那些黑暗，亚瑟王悲观地说：
"我不相信有天堂，因为我被困在这个地狱的时间太长了。"
泰戈尔却乐观地说：
"如果黑暗中你看不清方向，就请拆下你的肋骨，点亮做火把，照亮你前行的路。"

  那时，我正在经历人生的低谷。坐在我对面的命运，像一个高深的弈者，总能识破我的一招一式，令我节节败退，四面楚歌。

  由于决策上的失误，公司面临重大的危机。我召集公司所有的智囊商量对策，但没有一个人能走出一步好棋。

  我吩咐秘书推掉所有的电话，我把自己关在一个漆黑的屋子里。为了防止自己崩溃，我放着比较轻松的一首曲子。尽管如此，我依然感到了一种大难临头的恐惧。

  老父亲知道了我的困境，把自己辛辛苦苦积攒的养老钱全部拿了出来，让我解解燃眉之急。那点儿钱对于我的公司来说，无异于杯水车薪。

　　父亲在外面敲门，敲了足足有个把钟头，我依旧无动于衷。父亲急了，用拳头一下子砸碎了玻璃，光亮一下子就照了进来。

　　我给父亲包扎手上的伤口，父亲说，黑暗不可怕，你看，我一拳头就把它砸跑了吧。我知道父亲话中隐含的意思，我们同时想到了很多年前的一件往事。

　　那时候我还很小，好像只有八岁。由于我国当时在政治上和苏联交恶，战争似乎一触即发，全国上下都在忙着备战。我们家里买了一大口袋饼干，以应不时之需。有一天，广播里通知说，敌机很有可能在夜里飞过我们城市上空，为了防止被敌人的飞机看到可以袭击的目标，各家各户都不准点灯，窗户上要糊满纸，不能有一点儿光亮。

　　那个夜晚，所有的房子里都黑着，到处都是黑黢黢的，阴森而恐怖。

　　大人们聚到院子里，忧虑地望着天空，甚至连烟卷都不敢抽，空气紧张到极点。我们则躲到了屋子里，大气不敢出，更是紧张得要命。父亲说，别怕，黑暗马上就过去了。为了缓解我们的紧张情绪，他给我们讲一个个轻松的故事。渐渐的，我们不再那么害怕了。警报解除的时候，院子里的人们点起了篝火庆祝。父亲用手指捅破了窗户纸，火焰一下子照亮了我们。父亲说，看，黑暗并不可怕，它一捅就破。

　　父亲并未给我带来智慧的"金点子"帮我力挽狂澜、渡过难关，但父亲为我带来了一根乐观思想的拐杖，使我不至于摔倒，使我在如潮的黑暗中看到了那召唤人心的丝丝曙光，使我坚定了信心，和公司的所有员工一起，节衣缩食，艰苦奋斗，终于渡过了最为艰难的一段时期，使公司又重新走上了光明之路。

　　每个人的人生都会或多或少地经历一些黑暗，面对那些黑暗，亚瑟王悲观地说："我不相信有天堂，因为我被困在这个地狱的时间太长了。"泰戈尔却乐观地说："如果黑暗中你看不清方向，就请拆下你的肋骨，点亮做火把，照亮你前行的路 。"

　　这些话，都是后来在书本上看到的，都是名言。而比这些名言更让我记忆深刻的，永远是父亲那句朴实的话：别怕，黑暗一捅就破。（朱成玉）

为了父亲的心愿

这个奖杯，把她的歌声带出了大山，
为她的人生掀开了崭新的一页。
而这一切，都缘于一个女儿的孝心，为了完成父亲的心愿。

　　她出生在台湾东部的小山村，那是个相对封闭的世外桃源，民风
淳朴，人人都爱唱歌跳舞。在这片青山绿水的滋养下，她从小就天资
聪颖、能歌善舞。

　　在她上中学时，父亲突然病倒住院。家里兄妹九个，她排行老
七，大的都在城里工作，小的太小尚需大人照顾，于是她自觉承担起
了照顾父亲的责任，一边上学，一边跑医院。在病房里，唯一能打发
时间的就是电视，父亲最爱看"五灯奖"歌唱比赛，每逢周末一定会
准点打开电视。在当时，这是全台湾最火的一个节目。她小小年纪却
孝顺懂事，一有时间就陪父亲看电视，然后一起讨论谁唱得好、谁唱

得不好，只有这时，父亲阴郁的脸上才会露出少有的笑容。

那天，父女俩又一起看歌唱比赛，父亲忽然说："看了这么多比赛，我发现她们都不如我女儿唱得好，你也可以去试试啊！一定行的。"父亲满含期待地看着她，眼里尽是疼爱，他心里，再没有比在电视上看到自己的女儿更开心的事了。

那时，她还只是个天真烂漫的小女孩，只觉得唱歌能带来快乐，所以喜欢。参加比赛，还要到电视上唱歌，她连做梦都不敢想。在她看来，能在电视上唱歌的人都是不可思议的，就像天上的神仙一样遥不可及。起初她说不敢去，可是父亲的心愿日益强烈，她又改变了主意，心想只要能让父亲开心就好，唱就唱吧。她壮起胆子，叫哥哥帮她报了名，准备去台北参赛。"五灯奖"歌唱比赛是一档电视娱乐节目，形式类似于现在的"超级女声"，参赛者都必须过五轮淘汰赛，称为"五度"，每一轮又分为五个小环节，称为"五关"，只有经过"五度五关"才能决出最后的总冠军。

她从未对比赛抱任何希望，心想只要父亲能在电视上看到自己让他高兴就够了。可是想不到，她竟然越唱越勇，一路过关斩将，闯到了"四度五关"，离冠军仅一步之遥。她每个星期去一次台北参赛，回来就去医院陪父亲。

看到女儿越唱越好，父亲一天比一天高兴，还拉着医生和护士一起看比赛，"看，那个就是我女儿！"那段时间，父亲仿佛什么病都没了。可是越到后面的比赛越激烈，她的心理压力越来越大，在"四度五关"比赛上，当她唱到一半时，因为心情紧张，忽然忘了歌词，被淘汰出局。她"哇"的一声，蹲在台上哭了，觉得自己太不争气了，对不起满怀期待的父亲。

经历失败之后，她跌入了自卑的深渊，决心以后再也不唱了，谁叫她唱，她就跟谁急。唯有父亲的话她从不顶撞，父亲说："你差一点儿就成功了，多么遗憾啊！我们希望看到你站在最高领奖台上。"随着病情日益加重，父亲的愿望越来越强烈。她变得讨厌唱歌，原本是一件快乐的事，却被比赛弄得那么残酷，毫无快乐可言，可也更不愿让病中的父亲失望。为了完成父亲的心愿，半年后，她硬着头皮再次报名参赛。

由于有了上次的经验，这次她唱得更好，一路晋级。越到比赛尾声她就越兴奋，她知道父亲一直在看着自己，父亲的心愿马上就能实现了。可就在那时，父亲突然走了，她的精神支柱轰然坍塌，觉得父亲看不到了，再唱下去毫无意义，她逃回了家，决定放弃比赛。母亲说："傻孩子，你以为父亲走了就看不到你了吗？其实他还在看着你，如果你能完成他的心愿，他一定会高兴的。"她如梦初醒，又回到了比赛舞台，为了父亲最后的心愿，她告诉自己，一定要拿到冠军。十几天后，她捧回了冠军奖杯，跪在父亲坟前，泣不成声，"爸，女儿拿到冠军了，这个奖杯是给您的!"

就连她自己也想不到，正是这个奖杯，把她的歌声带出了大山，为她的人生掀开了崭新的一页。而这一切，都缘于一个女儿的孝心，为了完成父亲的心愿。这个女儿的名字叫张惠妹。（姜钦峰）

父 爱 馨 香 布 朗 尼 蛋 糕

我一直为拥有一个出色的儿子自豪，
但是吃了你亲手做的布朗尼蛋糕，
我才发现，原来拥有一个快乐的儿子更重要。

罗伊先生是个传奇人物，他赤手空拳，艰苦奋斗，成为成功的金融家。

罗伊先生四十岁时有了独子雷特。因为罗伊先生经历过贫困和艰难，所以，他愿意给儿子创造一个优越的环境，让其顺利地成长为一个卓越不凡的人。

雷特从小就具有不同寻常的资质，他不但聪明好学，而且在许多方面都显示出天赋。罗伊先生为儿子聘请最好的家庭教师，送儿子进最好的学校。

雷特六岁时，罗伊先生问儿子："长大以后你希望做什么呢?"

当时雷特刚刚获得了一个儿童绘画大奖，罗伊先生特意推掉事先计划好的商务会谈，父子俩一起到酒店庆祝。小圆桌上摆着香喷喷的甜点，雷特嘴巴塞得满满的，眨巴着眼睛对父亲嘟哝道："我想当个糕点师，给您做最棒的布朗尼蛋糕。"罗伊先生被逗乐了，顺着话头夸了儿子几句，但打心眼儿里没把儿子的回答当真。

时光荏苒，天真的小雷特已长成一个英俊少年，他依旧是学校里最出类拔萃的学生。高中快毕业的时候，学校的老师和罗伊先生的朋友热情地为雷特推介了许多优秀的高等学府，甚至有些大学提前给他寄来了报考材料。

罗伊先生把所有资料交给儿子，微笑着对他说："一切由你自己决定。"但雷特却出人意料地推开那些东西，笃定地说："我想考烹饪学院，以后当一名很棒很棒的糕点师。"

罗伊先生的微笑有点儿僵硬了，他回忆起儿子当年说过的话，看来那不是孩子气。平心而论，罗伊先生觉得自己并非是一个想把自己的意愿强加给儿子的父亲，很多年来，他一直给儿子最大的自由，但他不曾料到会是这样一个结果。

面对优秀的儿子，他即使从不苛求儿子去做他金融帝国的继承者，但也希望儿子成为某个领域里的优秀者，比如医生、艺术家、学者等等，而糕点师算什么？

心里这样思忖，但罗伊先生的脸上很是平静地拍了拍雷特的肩膀说："啊，这个理想有点儿特殊，那就好好干吧！"

不久，雷特踌躇满志地报考了三所烹饪学院。可接踵而来的都是坏消息，那些学院无一例外地拒绝雷特，不仅因为他的考试成绩不理想，而且甚至有专业老师给他下了"缺乏烹饪资质"的评语。

这对一直一帆风顺的雷特实在是个不小的打击，他把自己关在屋子里好些天。有个夜晚，他沮丧地打开房门，看见父亲就站在门外，脸上满是怜惜。罗伊先生朝儿子伸出双臂轻声说："来吧，一切都会过去的。"雷特扑向父亲温暖的怀抱，伤心地哭泣起来。而罗伊先生则紧紧抱住儿子，他很清楚，儿子哭过之后，一切都会过去的。果然，翌日，雷特主动向罗伊先生要回了当初推掉的那些高等学府的资料。

几年以后，雷特以优异成绩从大学毕业，然后进了罗伊先生的公司工作。好像有先天遗传似的，雷特不仅很快熟悉了金融业务，而且以他的创见和才能很快在业内崭露头角了。

有这样一个出色的儿子，罗伊先生高兴得能从梦里笑醒，但是，在另一方面，他又凭着父亲的敏感察觉到雷特身上的某种忧郁。为什么呢？他想不透，也找不出理由。

毕竟岁月不饶人，罗伊先生病倒了，是老年人常见的心脏病。虽然不严重，但医生还是叮嘱他卧床休养。

休养的第三天晚上，罗伊先生悄悄地从床上爬起来，打算到楼下找几份报纸。那是周末，家里的用人都回了家。可是，厨房里却透出灯光，还有轻微的动静。罗伊先生蹑手蹑脚地走过去，看见儿子雷特正埋头摆弄着一堆杂碎。只见他有条不紊地将奶油、巧克力、香草精、新鲜鸡蛋分类化开、混合，又将雪白的面粉和泡打粉一起均匀搅拌，然后倒入模具放进电烤箱。他的动作既娴熟又专注，仿佛在创作一件艺术品。

"嗨，你在干什么？"罗伊先生好奇地问，他从不知道儿子还会这一手。雷特回头看了一眼父亲，回答说："我在给您做一块布朗尼蛋糕。"

过了一会儿，雷特从烤箱里拿出烘焙好的布朗尼蛋糕。棕色的糕体散发着巧克力香味，看上去松软可爱。雷特捧着蛋糕，朝父亲顽皮地鞠个躬，脸上洋溢着得意的笑容。那笑容是罗伊先生很久不曾看见的，他记起儿子孩提时的理想，当年那个小毛孩子的脸上不就是洋溢着如此灿烂的笑容吗？可是后来……

罗伊先生的眼睛湿润起来，他接过蛋糕，认真地问雷特："这么多年，你工作得并不快乐，对不对？"雷特怔了一下，并不正面回答，只是道："可我一直干得很出色。"罗伊先生低头咬了一口布朗尼蛋糕，细细地咀嚼半天，最后说："我一直为拥有一个出色的儿子自豪，但是吃了你亲手做的布朗尼蛋糕，我才发现，原来拥有一个快乐的儿子更重要。"

说罢，罗伊先生带着儿子到书房，他从保险柜里拿出当年雷特考取烹饪学院的成绩单，全是优秀记录，当时是他用金钱去买断了这些事实。

书房门在父子俩身后关上，没有人知道那晚究竟发生了什么。不过，第二天雷特就宣布辞去公司所有职务。

几个月后，罗伊先生向许多朋友发出了晚会邀请，请柬上没有说明缘由，所有人都没想到，晚会上，罗伊先生微笑着向众人宣布："今天请诸位来，是庆祝我的儿子雷特正式经营一家糕点店，他能做出世界上最棒的布朗尼蛋糕……"（宋辉）

卷 六

愿你成为自己的太阳

愿有人陪你颠沛流离，如果没有，愿你成为
自己的太阳。

解 开 你 的 成 功 等 式

你必须对失败有一定的畏惧，
才会通过努力工作去成功化解风险，
但这种畏惧感又不能强烈到令你不敢去冒险。

吉姆·沃尔芬森在悉尼大学读二年级时，他的朋友、击剑队队长鲁珀特·布莱问他，想不想第二天到墨尔本去参加全国大学击剑锦标赛。

"你一定是疯了，"吉姆说，"我从来没玩过击剑。"

鲁珀特并没疯，他只是给逼急了，因为击剑队的一名队员病倒了，为了能参加比赛，他们得找个替补。这事想想就觉得不可思议。吉姆没有去墨尔本的路费，而且他也不可能赢，但他答应了。他向父母借了钱，然后在去墨尔本的火车上，尽可能向新队友们了解击剑的知识。

假如故事的结局是吉姆释放出自己隐藏的天赋，击败了所有的对手，那该多么美妙！但可惜不是这样。每个回合吉姆都是大败而归，一分未得。

但是，他仍然在非常值得一读的回忆录中写道："我试图发明击败对手得分的新方法……在此之前，我好像从来都没有这么快乐过。"

虽然他输了比赛，但击剑队获得了冠军。后来，吉姆沉迷于击剑多年，最终参加了 1956 年奥运会的击剑比赛，并从 1995 年至 2005 年担任了世界银行行长。

吉姆这段击剑经历同他在商界和政坛备受尊敬的职业生涯有何关系？关系大了。

每个人的人生故事都很复杂，影响命运的因素数不胜数。但是，我们会遵循一定的模式和方法，习惯性地与我们的经历进行互动。久而久之，这些模式就成了我们的命运。

对我们大多数人来说，这种模式在人生的早期阶段就会显现出来。吉姆的模式——引领他在个人、商业和政治上取得卓越成功的模式——早在他击剑比赛失败时就已明朗。

那么，吉姆的成功背后是怎样一种模式呢？

心理学家也许会着重研究他的成长经历。他在贫困中长大，心中既有不安全感，又有雄心壮志，这是许多成功故事的基础。

　　人生导师也许认为，他愿意抓住自己难以应对的机会——甚至常常并不知道自己将要面对的是什么——然后为了成功不懈地努力，尽一切可能去寻求并接受帮助。

　　当然，咨询师们可能会说，这些只是模式的一部分。而他取得成功的真正原因，在于他用来解决问题的分析能力和严谨方式。他遇到某种情况后，先是进行一番评估，努力去了解整个系统，并弄清有哪些因素构成了障碍。他会找出最少的行动来产生最大的影响，然后勇往直前，贯彻到底。

　　积极心理学家可能会指出，他的乐观精神才是重点。否则，他怎么可能在输掉所有回合的比赛后还说："在此之前，我好像从来都没有这么快乐过？"他的人脉关系也为他提供了机会。假如鲁珀特没有拉他进击剑队，他就永远不会去击剑。

　　没错，但他在哈佛大学的教授们会说，如果他没有能力，就不可能取得任何成就。吉姆头脑聪明、技术熟练、工作努力，而且一刻也没有停止过学习。

　　也许吉姆的成功实际上是一道等式：吉姆 = 正直 + 不安全感 + 雄心壮志 + 抓住机会 + 寻求帮助 + 解决问题 + 乐观精神 + 人脉关

系＋能力。

　　但是，我对吉姆思考得越多，就越清楚地看到他的成功其实很简单。有一种潜在的力量推动着他做出决策。这是破解他成功等式的密码。没有这个密码，他的惊世之才也只能被埋没。

　　这个密码就是一个问题。

　　大多数人在寻思机会、下一步行动或决策时，都会问："我会成功吗？"

　　而吉姆问的却是另一个问题："值得冒险吗？"

　　吉姆的生活态度就是冒险，从冒险中学习，然后用学到的新知识继续下一次冒险。在他的战略中，失败是不可或缺的一部分。

　　真正的冒险需要失败。你必须对失败有一定的畏惧，才会通过努力工作去成功化解风险，但这种畏惧感又不能强烈到令你不敢去冒险。从学习的角度来看，失败至少与成功一样有益。如果你只做那些有把握的事，你能取得的成就就会大大减少。因此，要勇于冒险，看看究竟会发生什么。（彼得·布雷格曼　译／陈媛熙）

你必须非常努力，
才能看起来毫不费力

他们不张扬，把自己当成最卑微的小草，
等待着人生开出花朵的那天。

　　有一群人，他们积极自律，每天按计划行事，有条不紊；他们不
张扬，把自己当成最卑微的小草，等待着人生开出花朵的那天。

　　他们早晨5点多起来健身，你在睡觉；7点开始享受丰盛的早
餐，蛋白质、维生素、淀粉粗纤维样样俱全，为新的一天起了一个好
头，当他们收拾妥当准备开始一整天的工作时，你还在睡觉。

　　他们用上午的高效时间完成了一个又一个任务，甚至发现了新的
商机，发现了有可能给人生带来改观的机遇。当午餐时间临近，他们
伸了伸腰，准备稍作休息，此时你终于起床。

　　他们的午餐不铺张浪费，却营养全面，他们有选择地进食，因为

他们清楚地知道自己想要的是什么。而你也在起床之后感觉到了饿意，你草草地洗了把脸，甚至连牙都没刷，打开冰箱，拿出了昨晚跟朋友派对之后带回来的薯条以及可乐。

午睡之后，他们重新积极地投入工作，而你也终于吃饱喝足，坐在了电脑前。是的，你的一天开始了。

晚上回到家里，他们也打开了电脑，也许是为了完成白天没来得及做完的工作，也许是因为前两天刚报了一个网络课堂。此时你还沉浸在游戏中，你发的帖子还不够有人气，电视剧里男女主角还没有最后在一起。

终于，22点到了，他们停下了工作，或许去满满的书架上拿下了一本书，或许拿起了自己心爱的乐器打算练练手，或许已经上床睡觉。当然，睡之前他们会想一想，自己在这一天都做了什么，有什么收获，又有什么教训。最后，他们又重新提醒了一下自己那个埋在内心深处的梦想，然后满意地睡去了。此时的你还在等待升级，还在顶帖子，还在刷微博，还在为了男一号女一号哭哭啼啼，你的一天才刚刚开始精彩。

后半夜，你隐约感到了困意，依依不舍地关掉了电脑，身上已经很臭，你却懒得去洗一个澡。你走向了乱糟糟的床，钻进了肮脏的被窝。

你隐约知道自己的身边有那么一群"他们"，可是你却没有办法实实在在地感受到"他们"的存在。

直到有一天，你和"他／她"终于浪漫地相见了……他／她是老总，你是普通的打工仔；他／她是主任，你是弱爆了的小职员；他／她游历各国，念着你想念的大学，拍着你想拍的照片，过着你想过的生活；他／她各种恣意的小清新，而你，是的，我知道你恨小清新，可是这又有什么关系？

事实已经如此，你的人生就在电脑荧光照射下颓废下去。

如果你再不改变的话。（吴山）

从 最 后 一 道 题 开 始 做 起

人生有限，在有限的时间里，你要先挑那些重要的事情去做。
只有有效地安排了你的人生，你的人生才会波澜壮阔、蔚为壮观。

在年底评选"办案能手"的时候，我又一次无可争议地摘取桂冠。这已经是我连续五年获此殊荣了。在单位里，人人都知道我是最忙的，却也是把工作打理得井井有条的那一个。我办的案子最多，工作也最有效率，忙得一头汗水的同事向我取经，我说这一切都是因为小时候考试怯场造成的。在同事惊愕的表情里，我为他讲了自己"从最后一道题开始做起"的故事。

上小学的时候，每次考试都会怯场。考场的那种严肃而紧张的气氛让我的双手不自觉地就不好使了，脑子里一片空白，害得自己总是答不完试卷。本来平时学习挺好的，结果却总是考试考得很不理想，甚至不及格。一个学生学得好坏，毕竟要靠考试来检验的，学得再好，考试不过关，一切就等于零。因为怯场，我吃尽了苦头。

我和老师说起自己的苦衷。老师教了我一个办法，他说，再考试的时候，你从最后一道题开始做起，因为后面的题总是最重要的，分值也多，即使你最后没有做完，剩下的也是前面的填空之类的小题，扣的分数也不至于那么多。这个办法还真管用，我在以后的考试中都用了这个办法，考试成绩上来了，而且一点一点改掉了怯场的毛病。

从最后一道题开始做起，老师的意思是让我挑那些重要的题先做。现在想想，老师教会我的不仅仅是答题的技巧，更是一种做人的态度。人生不也是这样吗？人活一世，有许多重要的事情等着你去做，你可以先把别的无关紧要的事情放一下，转而从那些重要的事情开始做起，那样你的人生，一定会交出一份令人满意的答卷。

事实证明，"从最后一道题开始做起"这个理念在我的人生经历中给予了我很多帮助。每当繁杂的工作压过来的时候，我不是盲目地想到什么做什么，而是冷静地坐下来，仔细地将它们分门别类，挑出最重要的先去做。

　　人生有太多繁杂的目标，人人手里都应该有个"分拣器"，把轻重缓急的目标做一个梳理，科学地去规划，最后，你会梳理出你的"最后一道题"，先把它做完。然后回过头来，继续分拣，依此类推，人生的难题自会迎刃而解、逐个击破。

　　在我所办理的案件中，有很多是因为那些鸡毛蒜皮的小事所引起的民事纠纷，因为双方都不肯让步，有些案子很难调解，一拖就是好几年，害得双方半辈子没有消停过，人也老了，什么事业也没有做成，变成庸庸碌碌、婆婆妈妈的小男人小女人。究其原因，就是他们没有选择人生最重要的题，而是选了无关紧要的题先做，从而让那些无意义的事情拖累了自己。

　　人生的试卷上也有很多问题，这些问题有轻有重，寄寓着人生的种种思考。等你把最重要的问题答完了，再回过头去，定会有一种"一览众山小"的感觉。这个时候你会发现，那些曾经所谓的"难题"，不过是被你踩在脚下的一块块石头。

　　人生有限，在有限的时间里，你要先挑那些重要的事情去做。只有有效地安排了你的人生，你的人生才会波澜壮阔、蔚为壮观。　（朱成玉）

成 功 就 是 不 断 地 站 起

人最宝贵的是挺起自己的脊梁。

成功也就是在这不断的失败中不断地站起。

即使身处低矮的屋檐，低下的也仅仅是头颅，不屈的是意志。

　　一位父亲去拜访禅师，请求禅师帮忙训练自己生性懦弱的小孩。禅师说："你把小孩留下，三个月后，我一定可以把你的小孩训练成一个真正的男人。"

　　三个月后，小孩的父亲来接回小孩。禅师安排了一场空手道比赛来向父亲展示这三个月的训练成果。被安排与小孩对打的是空手道的教练。教练一出手，这小孩便应声倒地。但是小孩才刚倒地便立刻又站起来接受挑战。倒下去又站起来，如此来来回回总共六次。

　　"我简直羞愧死了，想不到我送他来这里受训三个月，看到的结果是他这么不禁打，被人一打就倒。"父亲喊道。禅师说："我很遗憾你只看到表面的胜负。你有没有看到你儿子那种倒下去立刻又站起来的勇气及毅力？那才是真正的男子气概以及成功之所在。"

　　成功的定义就是这么简单，没有摔跤就无所谓站起。正如没有播种就不会有收获的惊喜。躺下了，你看矮子都是巨人，只有站起身形，勇于攀登，你才会有一览众山小的感悟与发现。很多时候，峰回路转与柳暗花明往往就在站起身形的一瞬间。

　　在孩子学步时，有经验的老人总是提醒年轻的父母，不要搀扶，跌跌撞撞也让他走，摔倒也不碍事。据心理学家分析，鼓励孩子自己站起可以有效缩短学步时间，更可以提早培养孩子的决心与毅力。人生在世就像幼儿学走路，不断地摔倒，又不断地站起，不断地失败，再不断地进取。摔倒了爬起来，并且力争不在曾经摔跤的地方再次跌倒。

　　人不可能永远走宽敞的柏油马路，也不可能永远走泥泞小道。关键是，在春风得意时提防急流险滩，在风雨泥泞中要站稳脚步。这个世界上没有比人更高的山，也没有比脚更长的路。所谓成功就是在不断的摔倒中不断地站起，并成为最好的自己。

　　人最宝贵的是挺起自己的脊梁。成功也就是在这不断的失败中不断地站起。即使身处低矮的屋檐，低下的也仅仅是头颅，不屈的是意志。这意志是一种很奇怪的东西，即使是空手道的高手，他也只能让你应声倒下，而真正站起来只能靠你自己。

　　站起，就是咬紧自己的牙关，在黑暗中看到光明；站起，就是面对荒芜的沙漠，心中充满绿洲。站起，是一种放弃，更是一种选择。选择了坚强，你就远离了懦弱。选择了应对，你就远离了逃避。（方益松）

迎 着 风 走

人生际遇就像故事中黑暗的岩洞，
只有迎向生活的风雨，
我们才会在没有光亮的情况下找到光明的出路。

　　一群探险者听说某地新发现一个岩洞，兴冲冲地赶去探险。他们
爬上山坡时，兴奋的心情难以形容。一进洞，他们便被洞中的天然钟
乳岩所吸引，一路观赏，不觉越走越深。虽然岔路很多，他们并不害
怕，每到一个岔路口，他们都会留下一个标记。

　　不知过了多久，手电筒的光暗下去时，他们还没有走到岩洞的尽
头。于是，他们决定往回走，走来走去，才发现迷了路。每一个岔路
口都有标记，每一条通道都似曾相识，他们有些惊慌，不知道会有什
么样的命运在等待着他们。

　　终于，他们的手电筒全熄灭了，周围一片黑暗。一开始，他们还

想寻觅洞口微弱的光亮，可是走到哪里都是无尽的漆黑，他们相互牵着的手上已经沁出了汗水。夜光手表显示已是下午 6 时，外面应该暗下来了。而且，他们被饥饿包围着，原以为洞不会太深，所以，他们没有准备食物。绝望渐渐爬上他们的心头。

沉默了一会儿，领队忽然问谁有打火机，有人将打火机递给他。他点燃打火机，屏住呼吸，一动不动地看着那簇火苗，忽然，火苗微微地倾斜了一下。领队看了一下，熄灭打火机，带着大家向与火苗倾斜相反方向走去。就这样每到一个岔道口，他都用打火机微弱的火苗捕捉那一丝微风。大家仿佛看到了希望。可是，打火机里的汽油很快便用完了，人们的心再度沉下去。

领队忽然脱光上身，站在岔道口，静静地感觉那极微弱的风。其他人也纷纷效仿，就这样他们又走了许久。风渐渐大了起来。终于，他们找到出口，人们纷纷赞叹领队的智慧与冷静。

生活中，我们常常在挫折与磨难中陷入困境，不知何去何从。更多的时候，我们总是选择逃避，可是路越走越艰难。人生际遇就像故事中黑暗的岩洞，只有迎向生活的风雨，我们才会在没有光亮的情况下找到光明的出路。（包利民）

三 十 岁 的 芝 加 哥 大 学 校 长

当我们受到不公正的批评之时，我们不要去争论和回击什么，
我们应该做的，是把自己的工作做好，没有比这再好的选择。
因为，做好了事情，
不仅仅所有的批评和质疑声音会不攻自破，
那些喋喋不休的批评者更会无地自容。

　　芝加哥大学是美国最负盛名的高等学府之一，在全美大学排名中，学术声誉排名第四，有八十一位校友曾获诺贝尔奖，其中包括华裔物理学家李政道、杨振宁、崔琦。

　　1929 年，美国发生了一件震动世界教育界的大事，一个名叫罗勃·豪金斯的年轻人，半工半读地从耶鲁大学毕业，当过撰稿人、伐木工人、家庭教师和卖成衣的售货员，现在，他被学校董事会任命为排名全美国第四位的芝加哥大学的校长。

　　不仅教育界人士百思不解，社会各界也对这个决定提出了各种质疑。人们说他太年轻了，经验不够，教育观念不成熟，甚至各大媒体

也加入到了批评的一方。大家说，这样一个轻率的决定，也许会毁掉享有世界声誉的芝加哥大学。

但是，学校董事会丝毫不为所动，依然坚持他们的任命。他们在任命书中这样阐述他们的理由：这是一个有着崭新教育理念的青年人，他锐意进取的斗志，他求才若渴的观念，他对大学未来发展的构想打动了我们。

在罗勃·豪金斯就任的那一天，一个朋友对他的父亲说："今天早上我看见报上的社论攻击你的儿子，真把我吓坏了。"

"不错。"豪金斯的父亲微笑着回答说，"话说得很凶。可是请记住，从来没有人会踢一只死了的狗。"

年轻的豪金斯更是以人们没有想到的态度，对待那些批评他的人和媒体。他乐观地微笑着告诉大家："我没有时间回答你们的质疑，因为我必须立刻投入工作，让时间来回答大家。"

最终，年轻的罗勃·豪金斯在芝加哥大学校长的位置上做得非常成功。在他做校长期间，他聘请到了几十名世界一流的教授，建立了世界一流的实验室，他们培养的学生受到广泛欢迎。他没有令他的父亲失望，更没有让那些批评他的人找到任何攻击他的借口。

我们实在不能不佩服罗勃·豪金斯用这种态度来对待批评自己的

人。不去阻止别人对他做任何不公正的批评，只是努力让自己摆脱不公正批评的干扰，专心致志地按照自己的意志做自己应该做的事，最后让事实说话。

其实，我们每一个人在自己的一生当中，都会遇到这样那样的批评和指责。当你成为不公正批评的受害者时，我们完全可以像豪金斯那样，乐观地一笑。

伟大的美国总统林肯如果不是对那些骂他的人置之不理，恐怕他早就崩溃了。当时正是艰苦的内战时期，各种力量都汇集到他这里，批评他立场的人和媒体非常多。如今，他当时写下的如何处理对他批评的方法，已经成为一篇文学和政治上的经典之作。在二次大战期间，麦克阿瑟将军曾经把它抄下来，挂在自己办公室写字台后面的墙上。而英国首相丘吉尔也把这段话镶在镜框里，挂在自己书房的墙上。用以激励和鞭策自己。

这段话是这样的："如果我只是试着要去读，更不用说去回答所有对我的攻击，那这个店不如关了门，去做别的生意。我尽我所知的最好办法去做，也尽我所能去做，而我打算一直这样把事情做完。如果结果证明我是对的，那么即使花十倍的力量来说我是不对的，也没有什么用。"

　　没有别的，当我们受到不公正的批评之时，我们不要去争论和回击什么，我们应该做的，是把自己的工作做好，没有比这再好的选择。因为，做好了事情，不仅仅所有的批评和质疑声音会不攻自破，那些喋喋不休的批评者更会无地自容。（鲁先圣）

把 自 己 炼 进 自 己 的 剑 里

全身心投入，才能产生惊人的能量。

　　他每天坚持十六个小时的创作，从不放弃。

　　他将自己完完全全融入到他的作品当中，跟着主人公的喜怒哀乐或悲或喜。他们幸福，他便跟着欢呼雀跃；他们悲苦，他便跟着经历黑夜。作为一名诗人，他被自己的诗句摄走了魂魄；作为一名作家，他被自己的情节吸去了精髓。

　　文字是他的孩子，除非它们在别的地方玩耍。但只要跳到了他的稿纸上，跳进那幸福的格子里，它们就成了他的孩子。他疼爱它们但绝不娇宠，他用自己的心磨砺它们，使它们闪现珍珠般的光泽；他用自己的灵魂熏陶它们，使它们释放如醴的芬芳。长期的伏案写作，使他的手搁在纸上，就像搁在刀刃上一样。

他隐姓埋名，躲起来写他的文字，朋友们找不到他。

他的早晨，永远从中午开始。

饿了，便拿起一个冷馍、一根生葱，边吃边写。在外人眼中，他显得有些偏执，有些另类，执着得近乎有些病态。他计算成功的方式是吃苦和受罪，他拼命工作，玩命写作，自我折磨式的付出使他耗尽了最后一滴鲜血。他就是路遥，为我们剖析过人生，为我们展现了平凡的世界的人。

汪曾祺说过："人总要把自己生命的精华都调动起来，倾力一搏，像干将莫邪一样，把自己炼进自己的剑里，这，才叫活着。"古往今来，凡是做大学问的人，无不如此心无旁骛，专心于自己的研究和创作，将自己炼进自己的剑里。

他就是这样的人，将自己炼进了自己的文字里，写出了《人生》《平凡的世界》等等气势恢宏的巨著。

全身心投入，才能产生惊人的能量。把自己炼进自己的剑里，你便有了剑的魂，剑便有了你的魄。把自己炼进自己的剑里，你和你的剑才有了合而为一的光芒。（佚名）

给 生 命 一 个 完 美 的 备 份

我们不是跌倒在逆境中，而是陷落在掌声中；
幸福的时候给自己备份一点儿提醒，
对于一颗容易满足的心灵来说，暂时的满足会侵蚀长久的进取。

有个朋友在电脑公司一个关键的岗位，几年来他给公司创造了不少效益，公司董事会准备提拔他为总经理助理。

一天下午下班后，他接到总经理的通知，第二天上班前必须按给他的策划标书连夜制作好一份重要的投标文件。那个项目直接关系到公司今后的发展，也关系到他的提拔重用。下班后他顾不上吃饭，坐在电脑前就开始编制标书。他丝毫不敢马虎大意。对一个数字、图案甚至标点都一丝不苟，唯恐有个闪失。

到了午夜，就在他即将大功告成的时候，意想不到的事发生了，公司所在的地区突然停电。由于他的电脑没有自动保存备份功能，突然断电使他精心编制的标书和文件全部丢失。他在电脑前整整等了一夜，还是没来电。等第二天恢复通电后，他赶忙按昨夜的创意编出标书，可招标方确定的时间早已过了，他们已失去了投标资格。

朋友的一时疏忽给公司带来了巨大损失，后来他不但没有得到提拔，反而被公司以责任心不够为由辞退了。他怀着悔恨的心情离开了公司。临别时总经理语重心长地对他说："按能力、学识我们都信任你，但在这个瞬息万变、竞争激烈的时代，光有能力和学识是远远不够的。假如你多一份责任，在编制标书的中途备份那些失去的资料，结果会完全不一样。我们不得不遗憾地做出这样的决定，希望你以后不论走到哪里都多给自己备份一个心眼、一份责任，这是非常重要的。"

自然界中许多弱小的动物为了御寒过冬，在风平浪静的日子里给自己储备了平安过冬的食物，实际上这种备份是一种未雨绸缪的物资备份；推物类人，得意的时候备份一份警惕，长路漫漫，我们不能否认鲜花与荆棘共生，而警惕之心就像一把锋利的刀，助我们披荆斩棘，一路花香；风光的时候给自己备份一份谨慎，即使前方一路坦途，我们也要保持如履薄冰的谨慎。我们不是跌倒在逆境中，而是陷落在掌声中；幸福的时候给自己备份一点儿提醒，对于一颗容易满足的心灵来说，暂时的满足会侵蚀长久的进取；幸运的时候，给自己备份一些清醒，没有谁能永远幸运，也没有谁能一直不幸，只有那些清醒驾驭命运之舟的人，才能顺利抵达成功的港湾。

我们给人生加了很多"如果"，"如果"只是将来式，重要的是现在，现在懂得为人生备份的人，才不会为将来疏于备份而遗憾。在命运不可测的湖泊棋阵，"如果"是人生的马后炮，备份是命运的马前卒，一个微不足道的卒，抵得上十个马失前蹄后的响炮。前者是欠账，透支生命银行中太多的精神财富，使其历尽生活的风风雨雨后坍塌崩溃；后者是进账，将生命的粮仓储备得丰盈充实，即便乌云压顶也不觉悲凉。

给生命一个完美备份，在生命之电不济时，对付意外的厄运的最好办法就是备份人生，在人生的死胡同里，给自己留一条打开成功之门的出路。（马国福）

人 与 人 之 间 只 有 很 小 的 差 别

人与人之间只有很小的差别,
但是这种很小的差别却往往造成巨大的差异。
很小的差别就是所具备的心态是积极的还是消极的,
巨大的差异就是成功与失败。
心态是命运的控制塔,心态决定我们人生的成败。

　　拿破仑·希尔是美国著名的人际学家,世界著名成功学大师。
1933 年,罗斯福总统把他请进白宫,帮助他主持著名的"炉边谈话"
节目,唤醒美国人民沉睡已久的信心与活力。拿破仑·希尔为总统组
建了国家有史以来最庞大的智囊团,他睿智深刻的智慧,被人们称为
"当代基督"。

　　他有一个非常著名的观点:人与人之间只有很小的差别,但是这
种很小的差别却往往造成巨大的差异。很小的差别就是所具备的心态
是积极的还是消极的,巨大的差异就是成功与失败。也就是说,心态
是命运的控制塔,心态决定我们人生的成败。

我们有足够的理由相信这位成功学大师的智慧。一个人具有不同的心态，就会有截然不同的人生。如果你的心态始终是积极向上的，生命的阳光必会将你的前程照亮；但是，如果你总是消极地对待生活和人生，你所有的希望就会渐次破灭。它就像一剂毒药，使你的意志逐渐消沉，精神慢慢泯灭，失去前进的动力和方向。

有一位日本企业家西村金助验证了这个哲学。他原是一个身无分文的穷光蛋，但是他从未对自己有一天会成为富翁产生过怀疑。他始终相信自己可以成功。西村先借钱办了一个制造玩具的小沙漏厂。沙漏是一种古董玩具，它在时钟未发明前用来测量每日的时辰；时钟问世后，沙漏已完成了它的历史使命，而西村金助却把它作为一种古董来生产销售。

本来，沙漏作为玩具，趣味性不多，孩子们自然不大喜欢它，因此销量很小。但西村金助一时找不到比较适合的工作，只能继续干老本行。沙漏的需求越来越少，西村金助最后只得停产。但他并不气馁，他完全相信自己能够战胜眼前的困难，于是决定先好好休息，轻松一下。

他每天都找些娱乐，看看棒球赛，读读书，听听音乐，或者领着妻子、孩子外出旅游。但他的头脑一刻也没有停止开拓的思考。机会终于来了，一天，西村翻看一本讲赛马的书，书上说，马匹在现代社会里失去了它运输的功能，但是又以高娱乐价值的面目出现。在这不引人注目的两行字里，西村好像听到了上帝的声音，高兴地跳了起来。他想："赛马骑用的马匹比运货的马匹值钱。是啊，我应该找出沙漏的新用途！"就这样，从书中偶得的灵感，使西村金助的精神重新振作起来，把心思又全部放在他的沙漏上。经过几天苦苦的思索，一个构思浮现在西村的脑海：做个限时三分钟的沙漏，在三分钟内，沙漏里的沙子就会完全落到下面，把它装到电话机旁，这样打长途电话时就不会超过三分钟，电话费就可以有效地控制了。

想好了后，西村就开始动手制作。这个东西设计上非常简单，把沙漏的两端嵌上一个精致的小木板，再接上一条铜链，然后用螺丝钉钉在电话机旁就行了。不打电话时还可以作装饰品，看它点点滴滴下来，虽是微不足道的小玩意儿，却能调节一下现代人紧张的生活。担心电话费支出的人很多，西村金助的新沙漏可以有效地控制通话时间，售价又非常便宜。因此，一上市销路就很不错，平均每个月能售出三万个。

这项创新使原本没有前途的沙漏转瞬间成为对生活有益的用品，销量成倍地增加，面临倒闭的小作坊很快变成了一个大企业。西村金助也从一个即将破产的小业主摇身一变，成了腰缠万贯的富豪。

看看西村金助成功的例子，我们会发现，他与我们大家的差别真的像希尔先生所说的那样，差别很小。但是他赚了大钱，而且是轻轻松松，没费多大力气。如果他不是一个心态积极的人，如果他在暂时的困难面前一蹶不振，那么他就不可能东山再起，成为富豪。

心态是一把双刃剑，是任何一个人内心都具有的基本素质。如果我们像成功的西村，始终相信自己能行，这把双刃剑就会产生巨大的能量，引导我们走向成功。（鲁先圣）

比 云 更 高 的 还 有 山

比云更高的还有山，当你有一天登上伟大的巅峰时，
你会发现，云不过以虚幻的面貌在你的脚下徘徊、游荡，
而你脚下所踩的，是实实在在的胜利。

2000 年 12 月的一天，日本东京国立中学的一间教室内，正在进行年度的作文测试，一个矮瘦的男生此时正紧张地在抽屉里搜索着一本作文书。他身体多病，最讨厌的课程便是作文，最喜爱的事情是户外运动，攀登珠穆朗玛峰是他最大的梦想。

作文老师神不知鬼不觉地出现在他的面前，使他的梦想暂时停歇。当老师的手触及他的手时，他感觉有一种一脚踏空的失重感。在失去依赖的情况下，他不得不借助于自己的空想完成当天的考试。

在作文中，他开始凭空设想自己的将来：自己可以在云朵上翩翩

起舞，原来云朵上也是一片平坦，在地面上能做的事情，在云朵上也可以完成。你可以唱歌，可以种一片庄稼，更可以与小伙伴们一块儿玩耍，只是你需要注意云朵的间隙，那是整块云最薄弱的部分，一不小心，你就会从云朵的缝隙里掉下来。

　　这篇作文被老师当作范文在课堂上朗诵，老师的点评结果是：文采并不出众，但想象力丰富，只是缺乏可以实现的基础。

　　同学们嘲笑他的空想，说云朵是虚幻的，怎么可能上得去？他下课后，带着疑惑找到作文老师，问他这样的梦想是否可以实现。

　　作文老师被这个小家伙的执着感染了，他低下身去抚摸他的头，说道："科幻是不可能实现的，迄今为止，还没有人能够在云朵上跳舞。"

　　这个叫栗城史多的小个子听完后，一阵沮丧。他每天傍晚时分，便站在村口的山坡上，看着天上的朵朵白云幻想，他好想自己长了一对像雄鹰一样的翅膀，飞越苍穹，跨越云朵。

　　十八岁那年，他开始攀登日本的富士山，成功后，他不知足，觉得应该挑战更高的山峰，他的目标瞄准了珠穆朗玛峰。

　　但看过医生后，他却被通知不得不放弃这样的极限运动。医生告诉他：他的握力、脚力、肺活量及肌肉发达程度等都低于成年男子的平均水平，先天性的不足使他差点儿放弃自己的梦想。

　　但他是个不服输的家伙，他认为自己有登顶富士山的经验，况且自己的心理状态极为优秀，即使不成功，也可以积累登山方面的经验，哪怕真的失败，结果也不过是永远与高山葬在一起。

　　攀登珠峰前，他先做了热身，在经历了生死考验后，他成功地登上世界第七高峰道拉吉里峰。

　　2008 年，他第一次攀登珠峰失败，他的身体出现短暂性的休克，且视力模糊，严重的缺氧反应差点儿让他前功尽弃。第二次，他总结了经验，在自己身体状态最好的时候出发，但事与愿违，珠峰发生了严重的雪崩，当一位遇难者的遗体出现在他的面前时，苦难、死亡的考验像雪花般袭来，由于心理接近崩溃，他退缩下来。

　　2011 年 11 月，在经历了两次失败后，他成功地登顶珠峰，在日记中他这样写道：看到无数的云朵在自己的脚下游荡时，我感到自己胜利了，小时候的梦想实现了，原来，比云高的还有山。

　　云朵时常用一种高傲的姿态面对着世间万物，让你无法企及，折戟沉沙，让你儿时的梦想裹足不前。既然我们无法在云朵上起舞，无法用自己的身躯去征服它的虚幻，我们何不更换思想，高人一头，超越云的身躯！

比云更高的还有山，当你有一天登上伟大的巅峰时，你会发现，云不过以虚幻的面貌在你的脚下徘徊、游荡，而你脚下所踩的，是实实在在的胜利，你可以睥睨云，让云朵在你的脚下萦绕起舞，对你崇拜敬畏。

比路更长的还有脚，比云更高的还有山。（古保祥）

努 力 去 做 不 擅 长 的 事

那时，他以为这些是毫无意义的事情，
但后来这种锻炼给了自己许多展现领导才能的机会，
并且让他懂得了很多事情他并不擅长，而不是自己擅长什么就只做什么。

老师和父母以及那些成功者经常这样告诉我们：做自己喜欢的事情，做自己擅长的工作，在自己感兴趣的道路上发展。甚至有一句这样的话，几乎是我们共同信奉的箴言：一个人如果一生中都在自己擅长的领域做着自己喜欢的事情，这个人必定有大成就。

对于这句话，我也一直是信奉不疑的。因为，就我自己的发展道路而言，我就是这句话的实践者和受益者。几十年以来我一直从事着自己喜欢的文学事业，而且这是我大学的专业，是我自幼的梦想，也是我一直感兴趣的职业，而且我也做得很成功。

但是，最近在研究比尔·盖茨的成功经历时，我发现，这位微软公司创始人之一，曾多次获得世界首富宝座的财富巨人，他的成功经验却完全颠覆了这个理论。

具有世界影响的美国《财富》杂志，曾经对盖茨和他的父亲老盖茨做过一个专访，揭秘老盖茨是如何养育儿子的，他在儿子成长过程中提出了哪些建议。

父子俩就家庭关系、成长历程等揭开了很多人们不知道的秘密。盖茨眼中的父亲很伟大，老盖茨眼中的儿子很优秀。盖茨是微软公司的创始人之一，他从哈佛大学退学创业的事情一直被人津津乐道。

1995 年到 2007 年的《福布斯》全球亿万富翁排行榜中，盖茨连续十三年蝉联世界首富；2008 年排名世界第三；2009 年又一次成为世界首富。2008 年 6 月，盖茨宣布退出微软日常事务管理，并把五百八十亿美元个人财产全部捐赠到他跟妻子梅琳达共同创办的慈善组织"比尔和梅琳达·盖茨基金会"。现年八十三岁的老盖茨原是美国西雅图著名的律师，曾为解决微软各类官司等立下汗马功劳。

由于父亲工作繁忙，盖茨小时候主要由母亲玛丽负责养育。小盖茨在多数情况下都谨遵母命。老盖茨说，盖茨成为"爱争论的小男孩"大约是从十一岁开始的，而且越来越让家里人头痛。从那时起，盖茨不断冲撞母亲。玛丽对儿子的一切期待——保持房间干净、按时吃饭、不要咬铅笔——忽然成为双方摩擦的起源。

盖茨十二岁那年，他跟母亲的大战达到顶峰。有一次，在餐桌上，盖茨冲着母亲大吵大嚷，盖茨现在将那次事件描述为"极其不敬，带有狂妄自大的孩子般的粗鲁"。

他和妻子带盖茨去看了心理医生。盖茨回忆说，他当时跟心理医生说"正想与控制他的父母爆发战争"。心理医生当时告诉老盖茨夫妇，他们的儿子最终将赢得"独立战争"的胜利，他们最好减少对他生活的干涉。

老盖茨和玛丽最终掀开了抚养孩子的重要一页：选择放手，让孩子去他不熟悉的行业里接受锻炼。他们把儿子送到认为会给予孩子更大自由的学校——私立湖滨中学，这所学校现在因是"盖茨首次接触到计算器的地方"而闻名。他们鼓励孩子去做自己不擅长的事情：外出参加很多体育活动，比如游泳、橄榄球和足球，而这些项目恰恰是孩子最讨厌的弱项。

盖茨说，那时，他以为这些是毫无意义的事情，但后来这种锻炼给了自己许多展现领导才能的机会，并且让他懂得了很多事情他并不擅长，而不是自己擅长什么就只做什么。父母当时这样敦促自己，因为他们知道，当面对这些事情的时候，自己经常退缩。他从那时开始意识到，他没有必要证明自己在父母面前的地位，而是要向世界证明自己。

　　显然，正是这种对自己不擅长的事情的刻意锻炼，让盖茨具有了那种敢于挑战、勇于探索、迎难而上的品质，使他在未来充满挑战的计算机领域大显身手。（鲁先圣）

走 投 无 路 时 向 上 走

当你走投无路的时候，千万别气馁，
因为你还有一条出路：向上走!

　　小文医学院毕业后，开始为找工作犯愁。他将一份份精心制作的
简历递出去，却都石沉大海。他又参加了专门针对医学毕业生的专场
招聘会，本以为不会像综合招聘会那样有很多人，没想到在招聘现
场，他发现自己变成了人海中的"一滴水"。

　　看到竞争如此残酷，他逐渐放低了就业目标，决定哪怕县医院也
可以先考虑。然而只招两名毕业生的某县医院，已有不少研究生在排
队等待面试。小文又想回老家工作，但老家的乡镇医院也不好进，虽
然动用了亲戚朋友的力量，至今仍无结果。为此他非常苦恼，找到我
诉苦，哥，我真的是走投无路了。

我知道仅仅安慰他是没有用的。思忖片刻之后，我说，给你讲个故事吧！

有个女演员，从上海戏剧学院毕业后，也面临着找工作的压力。由于没有家世背景，没有熟人举荐，结果四处碰壁，没有任何单位肯接收她。这天，当教师的父亲陪着她在北京的街头转悠，又去应聘了几家艺术单位，均遭拒绝。一种悲凉的情绪同时萦绕在父女俩的心头，他们真的感觉到什么叫走投无路了。

这时候，父女俩恰好转悠到了"北京人艺"的大门口。她一眼望见"北京人艺"的招牌，就想，这里我还没试过，何不进去试试看呢？稍微有点儿顾虑的人都会想，"北京人艺"是什么地方啊！那可是国家级的艺术殿堂，几十年来凭其严谨精湛的舞台艺术和情醇意浓的演出风格，在中国话剧史上创造了许许多多的辉煌，堪称"中国话剧的典范"，在国内外享有盛誉。

你不想想，一个连二三流艺术院校都不被录用的人，也敢幻想踏进"北京人艺"的门槛吗？但她偏没有顾忌到这些，径直大大咧咧地闯进了人艺的院长办公室，先将自己的简历和学校老师的评语交到院长手上，然后就滔滔不绝地向院长介绍自己。这种初生牛犊不怕虎的愣劲儿，使院长一下就对她刮目相看了。

两天后，他们为她一个人安排了由几位"人艺"领导及著名艺术家任考官的面试。起初无论她唱歌还是跳舞，各位评委老师都热烈鼓掌，以示嘉许。但在最后一关，在五分钟内现场表演一个小品，她觉得自己没有发挥好，起码不如自己想象中的好。表演完了，评委老师让她回去等通知。她暗想，完了，这回肯定又没戏了，就沮丧地说，老师，我就不请你们吃饭了，因为要请也只请得起面条。评委老师们说，不用不用，你走吧！

回到租住的小旅馆里，看到父亲满怀渴望的眼神，她像虚脱了似的摇着头说，不行，可能还是不行。父亲当时没说什么，却看得出他眼底的失望，父女俩连吃饭的心情都没有了。哪知下午 5 点钟左右，她突然接到了一个电话，是"北京人艺"的老师打来的：来吧，你被录取了。父女二人当时竟不敢相信这是真的，激动得一起落了泪。

她，就是凭借电视连续剧《当家的女人》中的出色表演荣获第二十四届全国电视剧"飞天奖"的王茜华！当初，曾为找一份工作四处碰壁的她，最后竟误打误撞地进了"北京人艺"。

我问小文，你说，她为什么能应聘成功呢？小文若有所悟地说，她是个有胆量有气魄的人，敢于独闯人艺推销自己，所以才在艺术的最高殿堂赢得了一席之地。我赞许地点点头：她先前积累的多次应聘经验，在北京人艺这一关全部用上了，所以她当时的表现是最好的状态。另外，当别人走投无路时，是越来越向下走；而她却选择了向上，结果她成功了。

小文激动得一把握住了我的手说："哥，我知道该怎么做了。谢谢你！"

果然不久，就传来了好消息：小文有幸被省会一家最知名的医院录取了！在他发来的感谢短信里，有这样一句话：当你走投无路的时候，千万别气馁，因为你还有一条出路：向上走！（吕宝军）

把 未 来 和 昨 天 关 在 门 外

我们每一个人都生活在一个点上，
这个点就是今天的身边的时刻，
过去了的昨天与没有来到的未来都与我们没有关系，
如果我们做好了此刻的这一件事情，
把昨天和未来关在门外，我们就拥有了人生的全部了。

对于我们每一个人来说，生活中最重要的事情，不是每天遥望憧憬不可知的未来或者反思昨天，而是动手清理手边那些细小琐屑的实实在在的事。

1871 年的春天，英国蒙特瑞综合医科学校的学生威廉斯勒对人生中的许多问题充满困惑，他不明白应该怎么处理远大的理想和具体的身边小事，一个人应该有怎么样的做事态度才能成功，但对手边的小事又觉得没有什么意义，他甚至以为现在的学校生活枯燥乏味，没什么值得去用心的，因而他的成绩也每况愈下。他找他的老师探讨这些困难的人生问题。他的老师推荐他阅读哲学家卡莱里写的一本哲学启蒙读物，老师说，他的书里或许有答案帮助你解决问题。

　　威廉斯勒是一个意志很坚定的青年，他一向不崇拜大人物，更不相信所谓的名人名言，对许多问题一向有自己独到的见解。但既然是老师推荐，他想或许真的有用。他拿过书漫不经心地浏览起来。

　　突然间，书中的一句话让他眼前一亮："最重要的，就是不要去看远方模糊的未来，而是动手清理手边实实在在的最具体的事情。"

　　他恍然大悟：是啊，不论多么远大的理想，都需要一步步实现啊；不论多么浩大的工程，都需要一砖一瓦垒起来啊。

　　他明白了，他的困惑解决了，他终于找到了人生的答案。他知道，那些远大的理想，应该让他们高悬在未来的天空里，最紧要的，是把手边的每一件具体事做好，让自己时刻生活在今天。

　　也就是从那一天开始，1871 年春天的一个下午，年轻的威廉斯勒开始埋头读书，因为他知道这是他目前最紧要的事情，他要把自己的成绩搞上去。半个学期以后，威廉斯勒成为整个学校最优秀的学生。

　　两年以后，威廉斯勒以全校最优异的成绩毕业。毕业后来到一家医院做医生。他认真对待每一个患者，对每一次出诊都一丝不苟。兢兢业业的态度和精益求精的精神，使他很快成了当地的名医。

几年以后，他创办了约翰·霍普金斯学院。他把自己的人生态度贯彻到每一个细节里。许多专家学者慕名来到他的学院工作，使他的学院很快成为英国乃至世界最知名的医学院。

威廉斯勒成功以后经常被邀请到耶鲁大学演讲，在演讲中他告诫学生们说：他之所以成功，是因为"他活在完全独立的今天"。他还说，"要把未来和昨天关在门外，未来就在于今天，最重要的是把你手边的事情做好，这就足够了"。他正是靠着这两句话，精心地做着自己的事情，不仅成为那个时期最著名的医学家，还成为牛津大学医学院的钦定讲座教授，被英国国王授予爵士爵位，这是那个时代学医的英国人所能够获得的最高荣誉。

世界上最有名的媒体之一《纽约时报》的总裁苏兹伯格也曾经遇到过同样的问题。年轻的时候他得了棘手的结肠痉挛病，这种病极其痛苦，他的身体几乎就要垮掉了。引起病症的原因很简单，他在步兵师担任士官，工作职责就是建立和维持一份在作战中战死的人员记录，收集他们在战场上遗失的东西，并准确把物品送到死者的家中。由于每天接触无数战死的人和他们的家属，每天都要面对那些几乎千篇一律无序杂乱的繁琐的细碎的工作，他变得烦躁异常，并开始担心自己哪一天死去，回不了自己的故乡，见不到十六个月大的儿子。日积月累，他的神经开始高度紧张，继而发展成结肠痉挛病。

　　他被送进了医院。一位军医在检查了他的身体之后告诉他：你的身体没有什么不好，你的问题纯粹是精神上的，我建议你把自己的生活想象成一个沙漏，沙漏的上一半装满了成千上万的沙子，而沙漏一次只能漏下一粒沙子。我们的生活就如这个沙漏，我们每天早晨都会发现自己一天当中有很多事情要做，但是，我们一次只能做一件事情，就如同只有一粒沙子通过沙漏底部的缝隙。

　　从那以后他明白了，他每天不论面对多么复杂琐屑的工作，都时刻想到那个沙漏："一次只能流过一粒沙，事情一个个地做。"

　　这个重要的人生哲学很快融入到他的生活当中，成为他处理一切问题的准则。战争结束以后，他到了《纽约时报》，这个工作方法和人生态度，让他几乎在任何一个岗位上如鱼得水，最终做到了媒体的总裁。

　　我们每一个人都生活在一个点上，这个点就是今天的身边的时刻，过去了的昨天与没有来到的未来都与我们没有关系，如果我们做好了此刻的这一件事情，把昨天和未来关在门外，我们就拥有了人生的全部了。（鲁先圣）

做 你 热 爱 的 事

不循规蹈矩，不扼杀自己的兴趣和好奇心。
做你热爱的事，成功其实就是一件简单的事。

　　他上小学的时候成绩并不突出，甚至只能算是中等的水平。但他的哥哥成绩优秀，是学校里各门功课记录的保持者。老师们把哥哥的事迹作为课堂上津津乐道的内容，但他不为所动，依旧成绩平平，因为他的兴趣并不在这些枯燥无味的课程上。

　　他喜欢钻研自己感兴趣的东西。他通过看书学会了网球，进了校网球队，还用商店里买到的竹子自学撑竿跳，并很快就轻松跳过两米四的高度了。

　　母亲知道他的心思，送他的圣诞礼物都是一些复杂的手工模型。他常常把零七八碎的小木片和螺丝钉堆满客厅，直到几天以后超过了母亲的忍耐限度，他才主动清理干净，但过不了多久家里又恢复了老样子。

　　进入了大学之后，他能够更专心地做自己喜欢的事情，他的动手能力和富有创意的头脑让他在自己喜欢的实验物理方面如鱼得水。在一位物理良师的举荐下，他得以进入加州大学伯克利分校并很快取得博士学位。

　　1978 年，他以出色的大学履历进入了贝尔实验室。在那里，他无时无刻不被新近发生的科学趣人趣事所吸引，他把待在这里的时间比喻为"神奇的时光"。

　　构成大千世界的原子以大约每小时 4000 千米的速度不停飞奔，因此"抓住"原子是物理学家们一个长久以来的梦想，但都是屡试屡败。一天，一位德高望重的老者对他说："如果能抓住原子，那多好啊。我失败了，你来试试吧。"喜欢挑战的他在旁人怀疑的目光中主动申请了这个课题。

　　一天，天寒地冻，他一个人独自坐在安静的研究所里，看窗外雪花纷飞，犹如美丽的童话世界。他突然间来了灵感：为什么不把原子冻得动弹不得，然后再抓住它呢？他将自己的想法和初步演算结果向公司老板汇报，老板说："你想做一些疯狂的事，那你就做吧。"

就这样，他将真空室里的原子冻到接近绝对零度，又用六道激光从不同方向追捕原子——原子就这样老老实实地落入了陷阱。他当时兴奋地跑去告诉老板："您猜怎么着？我刚抓住一个原子。"老板说："不错。抓到打算干什么？"他说："我也不知道……但这还真是不错！"

10 年之后的 1997 年，这项当年看似前景渺茫的实验结果变成了诺贝尔物理学奖，打破了该奖项只属于理论物理的神话。

说到这，你可能已经知道了——他就是华裔物理学家朱棣文。

成名的朱棣文不满足于物理学的成就，他又将注意的方向转向了捕获 DNA、蛋白质、多聚物等——这些其实是生物学的研究领域。朱棣文利用自己的物理学技术在生物学界又发提了一片新天地。

朱棣文曾说过："我喜欢动手，现在才知道，那些亲手建造模型的游戏时光如何影响了我后来的职业。我总能生动地想象我的分子和物理模型。在脑子里把它们转来转去。"

不循规蹈矩，不扼杀自己的兴趣和好奇心。做你热爱的事，成功其实就是一件简单的事。

图书在版编目（CIP）数据

蜻蜓也能飞越沧海 / 万诗语主编. — 北京：
现代出版社，2015.7（2019.1 重印）
ISBN 978-7-5143-3320-6

Ⅰ.①蜻…　Ⅱ.①万…　Ⅲ.①散文集–中国–当代
Ⅳ.①I267

中国版本图书馆 CIP 数据核字（2015）第 049103 号

蜻蜓也能飞越沧海

编　　著	万诗语	
责任编辑	赵海燕	
出版发行	现代出版社	
通讯地址	北京市安定门外安华里 504 号	
邮政编码	100011	
电　　话	010-64267325　64245264（传真）	
网　　址	www.1980xd.com	
电子邮箱	xiandai@vip.sina.com	
印　　刷	辽宁星海彩色印刷有限公司	
开　　本	880×1230　1/32	
印　　张	8.5	
版　　次	2015 年 7 月第 1 版　2019 年 1 月第 2 次印刷	
书　　号	ISBN 978-7-5143-3320-6	
定　　价	39.80 元	

版权声明

我社编辑出版的《蜻蜓也能飞越沧海》，由于无法与部分权利人取得联系，为了尊重作者权益，我方委托北京版权代理有限责任公司向权利人转付稿酬。本书的作者请与北京版权代理有限责任公司联系并领取稿酬。

联系方式如下：

北京版权代理有限责任公司

北京市海淀区知春路 23 号量子银座 1403 房间

邮编：100083

联系人：张艳

电话：133 1133 9559

QQ：603454598

邮箱：603454598@qq.com

现代出版社有限公司